teenに贈る文学

ばんぱいやのパフェ屋さん

恋する逃亡者たち

佐々木禎子

ポプラ社

ばんぱいやのパフェ屋さん

恋する逃亡者たち

序章

静かな雪が降っていた。

空気のなかにまで細かな銀色の粉がまぶされているかのような夜だった。

北の地の冬の夜は思いのほかまぶしい。夜空は黒ではなく、背後から淡い光で照らされているような濃い色の青だ。セロファンみたいな夜の薄皮にまばらに小さく空いた穴が、星ぼしの瞬《また》き。葉の落ちた樹木が黒い影になり道に覆《おお》い被《かぶ》さる。

あたり一面に積もった雪は、秘密の財宝をその底に隠しているみたいにキラキラしている。

街灯がなくても、家の明かりがなくても、車のライトがなくても、雪があれば夜は明るい。

道東の小さな町——。

あの頃、十五歳のわたしにとって自分の暮らす町が世界の中心だった。

町のメインストリートのなかで一番大きな店が農協のスーパーで、コンビニは大通りに一軒と国道沿いに一軒。外食をしたいときに家族で出かけるのは古くからある寿司屋か、国道にある『かんちゃん食堂』のどちらか。家族ぐるみの外食ですら二軒しか選択肢がないのだから、友だちとの学校帰りの寄り道場所は文字通り「道ばた」だ。道の端っこに溜まって、名残惜しくて何時間でも立ち話。たまに疲れてしゃがみ込んだりすると、いつでも誰かに目撃されていて、数日後に「みっともないから道で座り込まないの」と母親から小言がくる。

カフェどころか喫茶店というものがない町だった。洒落《しゃれ》たものがなにひとつない。可愛い服や雑貨を買いにいくときはバスと電車を乗り継いで北見《きたみ》まで出る。

そんな町なのに、最近できた山の奥のほうにあるペンションで出しているチャイは、なかなかのものなのだ――と聞いた。

親に連れていってと頼んだけれど「なんで紅茶飲みにわざわざペンションまで車出さないとなんないの。紅茶ならうちで飲めるでしょう」と一蹴された。

牧畜と農業とで形成されている町の山奥に、突如として建てられたペンションの経営状態については、大人たちの噂にまかせる。でも「あれはねえ、どこに需要があるのか。もしかしたら近いうちにつぶれるかもしれないねえ」と聞くと、よけいに、ペンションの喫茶室で出されるチャイを飲みたくなった。

「なんだか甘くて、香辛料がたっぷりで、牛乳いっぱい使った紅茶なんだよね……。飲むと身体《からだ》の芯まであったまるし、なにより本格的なものだって」

つぶやきながら、わたしは白い雪の道を歩いていた。長靴の足の下で踏みしめられた雪が、砂糖菓子みたいにほろりと崩れる感触がする。

近所のおばさんが力説していた。あんなチャイは北見でだって、札幌《さっぽろ》でだって飲めないに違いない。ペンションのオーナーはインドで修行をしてきたのだと。

修行の果てにどうして道東の山奥でペンションなのかは、さておいて――。

お気に入りのダッフルコートの下でぶるっと身体が震える。かぶっているフードのなかの耳が冷たい。

問題は――家族に内緒で小遣いを手にして家を出たわたしが、雪で景色が変わっているせいで、山に入り込む道をどうやら間違えたらしいこと。

本当なら舗装路が見えてくるはずなのに、どこまで歩いても轍《わだち》ひとつなく誰かの足跡もないまっさらな白い雪道を歩くはめに陥っている。

しかも雪の勢いがどんどん増している。

「失敗……したかなあ」

思い詰めてうわっと行動に出て、その結果、大失敗。

わたしによくあるパターンだ。

手袋のなかで、かじかんだ指先がピリピリと痛むようだ。寒い。口元を軽く覆い、

「寒っ」

とつぶやくと言葉がミルク色の吹きだしになってふわっと空気に溶け込んだ。

「帰ろうか……」

天気のいい昼間なら徒歩一時間ちょっとで辿《たど》りつく計算だった。それくらいなら大丈夫と安易に出てきたが、雪で夜となると話は別のようだ。このままでは遭難してしまうのでは。チャイと命とを秤《はかり》にかける。間違いなく命のほうが大事だ。

「さらば、チャイ」

思わず漏らした独白だ。誰も見ていなくても小芝居をしてしまうくらいに、わた

しはチャイに思い入れていたのだ。

でも仕方ない。くるりと向きを変え、いま来た道をとって返す。とぼとぼと肩を落として、獣道ならぬ自分の足跡のみの「自分道」を歩いていったわたしは、うねった道の先の分岐で「あ」と声を上げて途方に暮れた。

積もった雪で、足跡が消えていた。


目の前の雪原なみに、頭のなかも真っ白になった。

視線を上げて空を見る。音のない静かな雪の夜。降下する雪を見上げていると、そのまま夜空に吸い込まれてしまいそうだった。自分がどこにいるのか、位置関係も含めて、いろんなことがあやふやになった。このまま家に帰れず迷って死んじゃうのではと考えたら、寒さのせいもあって嚙《か》みしめた奥歯がカチカチと鳴った。

ついでに頭の歯車もカチカチ回した。立ち止まって途方に暮れている場合ではない。十五歳にしてチャイのために討ち死になんてあんまりですよ、神様。天国で「食い意地と方向音痴がわたしの死因です」と神様に自己申告する姿を思い浮かべ——駄目だ、これはと思う。

駄目すぎるな、これは——と落ちかけたフードを引っ張ってかぶり直し、もう一度、周囲を見直した。なにかしら道しるべになるものがないだろうか。積もった雪の奥に、自分の足跡の痕跡を探す。

そうしたら——彼らが道の向こうから歩いてきたのだ。

押しくらまんじゅうをする子どもみたいに押し合って笑いながら、ふくら雀《すずめ》のような、着膨《きぶく》れをして丸いシルエットの三人の男たちがやって来る。

すべてがぼうっと淡く光って見えた。

彼らのシルエットに、白い雪がまとわりついて、夢のなかの光景みたいに綺麗だった。

ひとりは黒いニットの帽子をかぶっていて、帽子の端からハチミツ色の髪が零《こぼ》れて見えた。もうひとりは白銀の長い髪を後ろでゆるく縛《しば》っていた。三人のなかで一番背が高くて、体格のいい金髪の男性が、なにもない場所ですでんと転倒する。起き上がろうとして、またさらに転倒する。あっというまに雪まみれになった男に、銀髪の男が手を差しだし「だから気をつけて歩けって言ってたのに」と告げた途端、転倒した男がその手を引っぱって今度はふたりしてまた転んだ。

「ナツ、いい加減にしろ！　俺を巻き込むな！　おまえはいつだって慌《あわ》てるからそうなる。転んだくらいでテンパるな。まず深呼吸して、それから起き上がれ。俺は俺で起きるから、おまえはおまえの力で起きろ」

「すまない。深呼吸をしよう」

先に起き上がった銀髪の男の怒鳴り声に、そう返し、大きな体軀《たいく》の男はそのままずーっと雪の上に大の字になって転がっていた。

「ナツ、今度は落ち着きすぎだ！　ナツが起きるの待ってたら俺たち凍ってしまうぞ。深呼吸は一回でいい。そんなに念入りに何度もしなくていいんだ」

「すすすすすまない……」

ナツと呼ばれた男は、じたばたと大慌てで半身を起き上がらせる。ずっと黙っていた帽子の男がナツの背中に回り込んだ。

「ナツ、そこで一回ストップ。大丈夫。落ち着いて。ゆっくり立ち上がって。足もとが悪いから転ぶのは仕方ない。ね」

帽子の男がナツの背中の雪をはらいながら、優しく言う。

「できた」

やっとナツが立ち上がった。立ち上がったことそのものが最大の奇跡みたいに晴れ晴れと言う。全身に白い雪がたくさんついた大柄な男の人。そのナツの立ち姿を見て、わたしは自然と笑ってしまった。

だっておかしかったんだもの。大人の男たちがころころと転がって雪だらけになって、怒ったり怒られたりしている。夜の山奥の、誰もいない、雪で足跡も消えた道を歩いているとは思えない陽気さで。

夜の薄紙を破くようにわたしの笑い声が響き渡った。

彼らの視線が一斉にわたしに集まった。

「こんばんは。わたし、道に迷ってしまったようなんだけど」

わたしは彼らの顔をひとりずつ順繰りに見つめながら、そう言った。よく見てみたら彼らはみんなとても美しい顔をしているし、髪の色も目の色も日本人のそれじゃない。わたしの町に金髪碧眼の人たちなんていないから彼らは旅人かしらと不審に思いながら——でもきっと悪い人たちじゃない。悪人は雪道を転倒して大の字になって空を見上げて深呼吸したりしない。たぶん。なんとなく。

「あなたたちはペンションに泊まってるんですか？　ペンションにいく道か、それとも町に降りられる道か、どちらかを教えてもらえませんか？」

「いいですよ。ちょうど僕らはペンションに戻るところだった」

即答したのは帽子をかぶった人だった。近づいてきた彼は、帽子を自然にするっと脱いでから一旦ぶんっと振り――わたしの頭にそっとかぶせる。

「耳が赤くて冷たそうだったから。僕の帽子でよければ、どうぞ」

いつのまにかわたしがかぶっていたフードがまた、ずれ落ちていた。帽子が温かくて――そして間近になった男の人の顔があまりにも整って甘いので、わたしは言葉をなくしてしまった。

エメラルドグリーンの双眸《そうぼう》がわたしの顔を覗き込む。わたしにかぶせた毛糸の帽子を優しい仕草でぎゅっと耳まで引き下ろしながら、ゆるいウェーブのある金髪の彼が言う。

「ペンションまで戻ってから車を出して、きみを町まで送るねぇ」

ちょっと甘えた感じに語尾がかすれる。

わたしの心臓がトクトクと鳴っていた。

足の下にあるはずのなにかがストンとなくなっていったような変な気持ちになっ

た。その瞬間、雪道で転ぶように、わたしは、頼りなく、あっけなく、はずみみたいに恋に落ちた。


それが彼とわたしの出会い。

もう十年以上前のお話です。

ひとめ惚れってあるんだと思ったよ。彼はわたしにとって「新しい世界」のすべてで、彼に恋したことで、わたしを包んでいた世界の幕がバーンと音をさせて風船みたいに割れたんです。

そして、以降は補足になってしまうけれど、ふため惚れ、さんめ惚れと、会えば会うだけわたしは彼に惹かれていき「惚れる」回数を重ねることになる。知り合うにつれ「惚れる」だけじゃなく「がっかり」することもあったのだけれど――でも落胆のあとでやっぱりまた「惚れ直し」たりもして。

十歳くらい年上の彼に猛アタックを重ねる子どものわたしの根性に、彼がひれ伏したのはかなり後の話になる。

とにかく。

顔がいいだけじゃなく、彼との出会いのすべては夜の美しさも含めて完璧だった。

十五歳のあの頃のごく普通の人間だったわたしが彼に恋してしまうのは――もうどうしようもないことだった。

1

北海道札幌《さっぽろ》市中央区《ちゅうおう》――電車通りに近い昔からある商店街の片隅に『パフェバー　マジックアワー』がある。

レトロな一軒家を店舗に改築した女の子受けするスタイルの、パフェとリキュールがけアイスの店だ。ちょっとしたカクテルやケーキも提供している『マジックアワー』は味のおいしさと店員たちがタイプの違うイケメン揃いであることで有名になったが、他にもうひとつ他店とは違う特徴がある。

営業時間だ。

『マジックアワー』は店のドアに掲げられた木製のプレートに書いてあるとおり「日没から日の出直前まで」しか開いていないのだ。

これには理由がある。

実は店で働く三人の男たちはみんな――現代日本に適応する形で進化した、人の生き血ではなく牛乳を飲んで生存している吸血鬼なのだった。

＊

北海道では転がるように秋が来る。

夏の終わりがどこだったのかわからずに「風が冷たいような気がするな」と思った途端、ごろごろと秋という季節の塊が転がりだすのだ。人だけではなく草や木も、秋の到来の素早さに置いてけぼりになりがちだから、黄色い花びらをつけたままふわっと立ち枯れした向日葵《ひまわり》の隣に秋桜《こすもす》が揺れているのは毎年のことだ。

北の夏は短いとはよく言うが、夏よりむしろ秋こそが短いのかもしれない。あれよあれよと寒さが増して、落ち葉が路面を走っていく光景を見慣れる暇もなく、気づけば冬がはじまってしまう。

だからこそ札幌の人は駆け足で過ぎていく秋を楽しむのだ。雪が降る前の風の匂いを吸い込んで、ぬくぬくとあたたかい冬用の衣服を整えるために友だちとショッピングにくり出し——大好きな人と一緒に大通《おおどおり》公園をぶるぶる震えながら散策する。

秋のこの時期、札幌の街はいつでも海辺みたいだ。寄せては返す冷たい風。なんだか湿っぽい独特の空気。風は規則正しくくり返す波のように、枯葉を道の端ばしに押し込んで届ける。

そんなある日――。

日が暮れて『マジックアワー』の店内に照明が灯《とも》る。

この春から縁あって店に同居している高萩音斗《たかはぎおと》は、開店前のこの時間帯の厨房の様子を眺めるのが好きだ。

音斗は中学一年にしては背が低い。身長順で並ぶといつも一番前。手足は細長く、全体に華奢《きゃしゃ》だ。技術でも力仕事でも、音斗に手伝えることは少ない。だから音斗はみんなの邪魔にならないように隅の椅子にちょこんと座り、毎日、ハル、ナツ、フユという名を持つ三人の男たちの働きぶりを黙って見つめていた。

誰かに「手伝って」と言われたら「はい」とすぐに立ち上がってできるように。

いつでもスタンバイＯＫな気持ちで、彼らの仕事ぶりを観察し、吸収している。

茶色がかった色合いのふわふわした猫毛が、音斗の視線の動きに合わせて左右に揺れる。小動物めいた愛嬌のある茶色い双眸《そうぼう》がキラキラと瞬《またた》く。

フユにもらった試作品の手作り生キャラメルの紙包みを開けて、口のなかにぽいっと放り込む。牛乳たっぷりにバター、ハチミツの優しくて甘い味。

厨房では、銀色の長髪を後ろできりりと束ねたフユがエプロンを身につけてテキパキと仕事をこなしている。フユは今日のおすすめケーキである「スフレチーズケーキ」の焼き具合を確かめ満足げにうなずいた。

――フユさん、いいなあ。

そう思うのは、フユがパフェやケーキを作っているときは「真剣白刃取り」をする剣士みたいな顔つきになるからだ。キリッとして、清々《すがすが》しい様子で、ひとつひとつのパフェやケーキに魂を注ぎ込むみたいな真剣さで働いている。

その傍《かたわ》らで、ナツがやっぱり入魂の真顔で生クリームを泡立てている。ガチャガチャという音がけたたましい。

「ナツ、今日こそ転ばないように気をつけろ。転倒は一日三回までを目標に」

氷の貴公子と呼びたいような白皙《はくせき》の美貌のフユが、眉間《みけん》にしわを刻んでナツに告げる。

ナツはこくこくと何度もうなずいた。ライオンの鬣《たてがみ》みたいな金髪に、どっしりとした大柄な体軀《たいく》。剣と鎧《よろい》の中世西洋世界にそのままタイムワープさせたらさぞ映《は》えるだろう美《び》丈夫《じょうふ》のナツだが、見た目の押し出しの強さに反して気が弱く不器用だ。一度にふたつのことをするのが苦手で、うなずくことに懸命になってしまうと、泡立ての手が止まる。

「ナツ〜。おはよう〜。手が止まってるよ〜」

居住部分とつながっているドアを開いて、サロンエプロンの紐を縛《しば》りながら厨房に入ってきたハルが、ナツに指摘しその背中を軽く叩いた。ハルは金色に近い茶色の巻き毛を持つ、名前のとおりに春の化身みたいな陽気な王子様だ。

「あ」

背中を叩かれたナツがぴょんと跳んだ。ナツはふいうちに弱いのだ。跳んだ拍子に手から泡立て器が発射され飛んで床に落ちた。

「すすすすまない」

「いいからナツは黙ってそこに立っていろ。泡立て器はハルに拾わせる。ナツは動くな！　ハル、おまえが拾え！」

「え〜、なんで僕〜？」

ハルが言い返すと「ハルは俺にいくつもの借りがある。たまには返せ。いいから拾え」とフユが命じた。

ハルは「はーい」と腰を屈《かが》める。

だが、ナツも、

「すまない。俺が落としたのだから、俺がっ」

とテンパり気味に慌《あわ》てて動いた。

そうして、なにもない床で滑って転んだ。身を屈めていたハルの上に重なるように転倒しかけ——けれどハルを押しつぶしてはならじと猫みたいに途中で身体《からだ》を反転させる。くるん。ハルを抱擁し、ナツは床に背中を打ちつける。

いつものナツの転倒より派手な音がした。

「ナツさん大丈夫？」

さすがに音斗は椅子から立ち上がり心配してナツの側《そば》にしゃがみ込む。ハルはというとナツにぎゅうっと抱きしめられ、ナツの胸元でパチパチと綺麗な鳶《とび》色の目を瞬《しばたた》かせていた。

「すまない。ハルを転ばせてしまった」

ナツの第一声は謝罪から入る。

「いやいやいやいや。びっくりー。ナツご苦労であった〜。やっぱ、僕の美しい顔に傷つけちゃまずいもんね〜。ナツがかばってくれたから僕はまったく痛くないくらいいよっ。くるって回っておもしろかったくらい〜。エーキサイティーング!!」

きゃらきゃらと笑って応じるハルはいつも通りだ。

「だから黙って立ってろと言ったのに」

フユが額に手を当てて嘆息し、ハルを起き上がらせる。続けて、ナツの顔の前で手をパッと広げて「ストップ。ナツは急いで起きるな。頭は打ってないな？」と気むずかしげに言う。

ナツはこくんとうなずいた。

「よし。受け身を取るみたいに転んでたから大丈夫そうかな。ナツは人の指示を聞かないからこうなるんだ。転倒は一日三回まで！　そのうちの一回目を早々に転びやがって。罰としていまから一時間は二階の箱で反省だ！」

険悪に目を細めたフユがきつい言い方で言う。しかしそれは翻訳すると「ずいぶん派手に転んでしまったナツが心配だし、ちょっと仕事を休んでていいよ」という意味なのだと音斗は知っている。フユは口は悪いが、情がある。基本、ツンデレというやつなのだ。

「わ、わかった。でも泡立てが……」

「もう角が立って、充分に泡立ってる。またなにか混ぜてもらいたいときには呼ぶから箪笥《たんす》のなかで目を閉じて反省しろ」

人が聞いたら「箪笥のなかって、どうして？」と疑問に思うだろう。でも、現代的に進化した吸血鬼は、箪笥とか千両箱とか、思い思いの好きな形状の箱的なものに閉じこもって休息するのだ。旧来の吸血鬼のように棺桶で眠るのは彼らにとって「遅れている」のである。

ちなみに彼らの遣《つか》い魔《ま》は牛である。彼ら『現代的吸血鬼』たちは稼業を牧畜に特化し、北海道という土地にとても馴染んだ進化を遂げ——道東の『隠れ里』から札幌に進出し、パフェバーを経営するに至っている。

「そそそ。暗い箱のなかで休んでたら僕たちの怪我の治り早いしね。一時間くらい休んだら打撲しててても痛みは引くんじゃない？」

「ゆっくり起きろ。そしてゆっくりと二階に上がれ」

ハルとフユに相次いで言われ、しゅんとしたナツがのろのろと起き上がる。ナツの眉尻が垂れている。猛省したときの犬の尻尾と耳みたいに、しょんぼりと。

「でもすごいね。ナツさん。転び方がとても上手だ。いま、転ぶ途中でくるんって背中が翻《ひるがえ》って野生の猫科のなにかみたいだったよ。しかも受け身みたいにして転ぶなんて。ナツさん実は運動神経いいんだね。きっと」

音斗はナツの顔を下から見上げてそう言った。ナツがあまりにも悲しげだったし——それに実際、傍《かたわ》らで見ていて「すごいなあ」と思ったので。

「音斗くん……」

じわっと潤《うる》むみたいな声でナツが音斗の名前を呼んだ。ナツの大きな手が音斗の髪をぐしゃぐしゃっと撫《な》でる。痛いくらいに撫でられて頭を左右に振り回され「ナツさん〜」と見返したら、ナツは涙ぐんでいた。

「音斗くんはいい子だな」

ナツの気持ちを代弁するように、フユがニッと口の端に笑みを刻んで言う。

「本当。音斗くんて、いまんとこパーフェクトいい子！　でもそこが逆に残念。音斗くんいつも『あと一押し』足りない感あるっ。このままだと、好きな子とのデート三回目くらいで『高萩くんて完璧すぎてつまんない。話も退屈で真面目《まじめ》なだけだしさ～』ってご遠慮されちゃうタイプ？　なんかさあ、そろそろ音斗くんの悪い子な部分、探したり作ったりしようか。このままじゃ顔が良くて成績も良くて性格も良い灰汁《あく》のない優等生モブキャラに育ってしまうかもって心配～」

ハルが朗《ほが》らかにひどいことを言う。

「え……僕、そこまでいい子じゃないけど」

しかし、音斗の気持ちに、なんとなくくすんだものが落ちる。

――灰汁のない優等生モブキャラって。特徴づけらんなくてつまんないって。いつも『あと一押し』足りない感って。

言われそうな気がする。

音斗は話題が豊富ではないし、ハルやナツやフユたちに比べて「これ」という個性がないし、ここぞというときの開き直り力も不足しているような。

デートなんてまだ一度もしたことがないのに、三回目のデートの後に言われそうな言葉に落ち込むのは気が早すぎるとはいえ……。

「フユみたいに顔はいいけど小金にうるさくてドケチで札束と小銭を抱きしめなが

ら寝てるとかさ、ナツみたいに顔も性格もいいけどドジで転んでばっかりとかさ、ちょっとした欠点とか傷が人というものの輝きを増すわけさ。僕には傷ひとつないけど僕はダイヤモンドだから仕方ない。ね？」

「ね、じゃない。ダイヤモンドだって磨かなきゃただの石だ。磨かれないおまえに価値はない。いますぐ磨いてやるから頭をこっちに出せ」

フユが冷たい声で言い放ち、ハルのこめかみに拳を当ててぐりぐりとする。

「だいたい人の灰汁は料理と同じで経験値と時間に応じて滲《にじ》み出てくるもんだから、探したり作ったりしなくていいんだ！　生きてるだけで灰汁なんて勝手にできる！」

「イテテテテテ。痛いよ。痛いってフユ」

「牛乳を飲む吸血鬼の末裔であるという時点で音斗くんはもう充分にキャラ立ってるから、ハルはよけいなことを音斗くんに吹き込むな！　音斗くんもいちいち真面目にハルの話を聞くんじゃない。いまちらっと『そうかも』とハルの言葉に納得しかけたろ？」

「あ……」

見透かされていた。

「学校での自分を思いだせ。音斗くんに特徴がないと思えるか？　むしろ特徴だらけだろう？」

「そ……うだよね。よく考えたら僕はサングラスとマスクで日傘差して、ときには箱に入って歩く完全防備の中学生で、倒れてばかりでタイミングが人とずれていて──灰汁だらけだった……」

中学になってついたあだ名が「ドミノ・グラサン・マスク野郎」。

──ハルさんとナツさんとフユさんを見てるから、常識っていうのがわかんなくなって混乱しちゃったよ。僕の話はおもしろくないし退屈かもしれないけど個性はある。

マイナスな方向の個性だけれど。

「それに音斗くんには俺たちへのツッコミという重要な役目がある。それがなによりの音斗くんの個性だ」

フユが音斗の肩をポンと軽く叩いて言う。ちょっと落ち込んでしまった音斗に気づいての、フユの妙な励まし方。

「そう……かなあ。うん。じゃあ僕、ツッコミと常識担当もっとがんばる!!」

でもツッコミとか常識担当は、ボケてくれる人と非常識な人がいないと成り立たないものなのだ。

——僕ってひとりぼっちだと退屈な人間なんじゃないだろうか。

そんなことを思わせるくらいに「退屈さとは無縁」な三人の吸血鬼たちを見つめ、音斗は少しだけ、己のキャラクターというものについて考えて心のなかでうなだれた。


彼らと暮らしてそろそろ半年。

それでも音斗はまだときどき自分の暮らしが夢のなかの出来事みたいに思えることがある。

だって自分が吸血鬼の遠い親戚だなんて不思議だ。

しかもその吸血鬼というのが、生き血ではなく高温殺菌した牛乳を飲んで暮らしているだなんて。

昔からパタパタとよく倒れ、それゆえに「ドミノ」というあだ名をつけられて仲間はずれにされていた――そんなふうに生まれついての虚弱体質な自分が「現代的に進化した吸血鬼の末裔」だなんて。
そして――進化した吸血鬼としての生き方を学んだら、倒れない元気な身体になることができるだなんて。
家出をして彼らのところに身を寄せて過ごしているものの、いまだにほんの少しだけ信じられなくて、明け方にふっと目覚めた瞬間「なにもかも幻だったのでは」と自分の頬《ほお》をつねってみたりしている。

と――。

カウベルがカランと音を鳴らす。お客様だ。

「まだ開店の看板出してないのにお客様が来た〜。これって音斗くんのおばあちゃんじゃない？ 最近、毎日、開店のちょっと前に来るよね〜？ 最初のときは店のドアが開いてないって怒って、お店のドアじゃなくこっちの家の玄関をピンポン鳴らされて、あれ参ったよなあ〜。なんか、いてもたってもいられない〜、待ち切れない〜って感じの来店でさー。ひょっとしておばあちゃんも僕の素晴らしさに気づいて、僕のファンになっちゃったのかなあ」

ハルが歌うようにリズミカルに言って店に出ようとする。フユがハルの服の後ろ襟《えり》に指を引っかけて、

「ハル。待て」

犬に命じるみたいに告げた。

「ハルさん、違うよ。おばあちゃんは僕の様子を偵察に来てるんだと思う」

「音斗くん、さっそくツッコミご苦労さん。偵察されておいで。中学校の先生に『おうちのお手伝いをしてるのがえらい』って音斗くんが誉められたっていう話を、こないだ、おばあちゃんにしておいたから、店に出ても平気だよ。ちゃんとやってるよっていうの見せるのも親孝行で、祖父母孝行のひとつだ」

フユがハルへの冷たい視線を固定させたまま、音斗にサロンエプロンを手渡した。

祖母のいちばんはじめの来店以降、たぶんフユは「祖母のためだけに」開店少し前には店のドアの鍵を開けている。

音斗はいまでこそ両親公認だが、そもそもは家出をして『マジックアワー』にやって来たので——父母はともかく、躾《しつけ》に厳しい祖父母はまだ音斗がここで暮らす

ことに同意をしていないのだ。中学生なのに家を出て、遠い親戚のところで暮らすなんて、しかもそこは深夜営業の店だなんて、と大層立腹して、音斗の母を責め立てていると聞いた。

「おばあちゃんは音斗くんだけじゃなく俺たちのことも見定めに来てるんだろうから、ハルは接客禁止。呼ばれもしないのに近づいていって迂闊《うかつ》なことをべらべらしゃべり出しがちなところがあるからな」

「え〜っ」

不服そうに唇を尖《とが》らせるハルである。

「文句を言うな。ハルはダイヤモンドの原石なんだ。ハルが輝くのは『いま、ここ』じゃない。わかるな？」

「あ、そっか〜。そうだね〜。僕が輝く場は別だった〜」

ハルの顔がそれこそキラキラと輝いた。フユはハルの気持ちを転がす方法を熟知している。肯定され、誉められるとハルはすぐに気を良くして、フユの言うことを聞いてしまう。

「僕、お店のお手伝いするね！　ナツさんは身体痛いだろうから休んでて！　オーダー取ってきたらフユさん、ハルさん、よろしくお願いします」

頭を下げ、音斗は手早くサロンエプロンを身につけ店へと向かったのだった。

＊

「いらっしゃいませ」

音斗は大きく明るく声を上げて水を注いだグラスを人数分テーブルへと持っていく。案の定、やって来たのは祖母とその友人たちだ。四人グループ。祖母は白髪交じりのショートの髪をふわっとまとめている。

音斗は最近祖母を見ると「なにかのCMに出ていそうだな」と思ったりする。すごく美人とか、目を惹《ひ》くとかじゃない。でも「綺麗なお年寄り」なのだ。いままで祖母のことをそんなふうに感じたことはないけれど——祖母が友人たちと『マジックアワー』に来るようになって気づいた。

友人たちも祖母と同じくらいの年代で、祖母も含めてみんな溌剌《はつらつ》としていてとても元気だ。

「音斗くんいつも可愛いわねえ」

祖母の友人がにっこりと言う。なんて答えたらいいかわからなくて「いらっしゃいませ」とぺこりと軽く頭を下げる。

「クミさんとは大違い」

「あら。ひどい。大違いじゃないわよ。ちょっと違うくらいにしといてよ」

祖母が笑いながら返した。

――おばあちゃん、友だちと一緒のときってあんなふうに笑うんだなあ。

わいわいと入ってくるみんなが賑《にぎ》やかで、そのなかで祖母はどこかよそゆきの顔をして、でもときどきすごくはしゃいだ感じで大きな口を開けて笑ったりする。子どもみたいな笑顔というひと言で片付けるとおおざっぱだけれど、音斗の知っている祖母はそんな笑い方をしない。いつももう少し澄ましている。

フユも音斗のあとから「いらっしゃいませ」と声をかけ、店のオープンを示す看板を掲げに、一旦、外に出た。

縦長の狭い店内。二人掛けのテーブル席がふたつに、四人掛けの席がひとつ。それから長いカウンター。カウンターの奥には厨房へとつながるドアがある。

鈴蘭《すずらん》の形をした照明や深い色の艶《つや》を帯びた木製のテーブルがレトロな店だ。

──『マジックアワー』の夜がはじまる。

「え……」

「あらあら。音斗、エプロンの紐が縦結びじゃないの。後ろを向いて」

注文より先にいきなりのチェックが入り、祖母は音斗に背中を向けさせてエプロンの紐を結び直した。

「リボン結びにもコツがあるっていうこと習ってないの？　縦結びになるのは、紐の回し方がちゃんとしてないからなのよ。こういうのはそれこそ小学校入学前に教わっておく生活の知恵みたいなものなのにねえ」

祖母の友人たちの視線が音斗に集中する。みんなの前で音斗の母親の躾ができていないみたいな言い方をされ、音斗は母に対する申し訳なさと悔しさと恥ずかしさが一緒になって、いたたまれない。

祖父母はいつも音斗の母に対しては意地悪なのだ。日常のなかで、小さな、チクッとくる棘《とげ》を刺す。大きく痛めつけられることじゃないからいちいち突っかかることもできなくて「すみません」と謝罪したり、とりつくろって聞き流したりする母をずっと側で見てきた。

音斗は、自分を巡ってかわされる家でのギスギスしたやり取りが嫌だった。小さな棘でできた傷の痛みが、積もっていくことがつらかった。

論争は全部、音斗をきっかけにしてはじまる。だから前はすぐにへこたれて部屋に閉じこもった。

でも——いまは、この程度のことで負けたりなんてしない。

「おばあちゃん、ありがとうございます。これから気をつけます。今日はなににしますか？　今日のおすすめはスフレチーズケーキです。あとは秋限定の、栗を使ったモンブランパフェと巨峰のパフェもすごく美味《おい》しいよ。おばあちゃんまだ巨峰パフェ食べてないよね」

銀色のトレイを胸元に抱いて、祖母ご一行様に笑顔で告げる。看板を掲げて戻ってきたフユがちらっと音斗たちを見て通り過ぎて厨房へと向かう。フユはこういうときに割って入って、音斗を助けたりしない。それが音斗をどれだけ勇気づけていることか。

きっと大丈夫だからなんでもやってみな。言い返してみなよ。

そんなふうに、見えない手でそっと背中を支えてもらってる気がする。助けられないことに、助けられている。

「どれも美味しそうね」

「栗のはこのあいだ食べたわねえ。薩摩芋《さつまいも》とりんごのやつはもうないの？　あれ、自然な甘みがとても美味しくてもう一回食べたかったのに」

祖母の友人たちが目を輝かせる。甘いものにはみんな目がないみたいで――だから「偵察」なのだろうとわかっていても、嫌だなと心底思うことはない。祖母は別として、他のみんなはパフェやケーキを楽しみに通ってくれている気がするので。

音斗はピンと背筋をのばしはきはきと告げる。厨房でフユたちの下ごしらえや、今日のメニューの品書きを小さな黒板に書いていたのを見ていたから、迷うことなく答えられる。

「焼きりんごと薩摩芋のパフェですね。ごめんなさい。今日はメニューに出てないんです」

ほくっとした薩摩芋がクリームのなかに入っていて、グラニテされた焼きりんごをいちばん上にトッピングした、食感も楽しめる秋のパフェだ。ペースト状になった薩摩芋が舌の上でほっこりと蕩《とろ》けて、りんごの酸味や特製アイスとの相性もよく、女性客に大評判だった。

「じゃあもうちょっと考えさせてね」

みんなが老眼鏡をかけて真剣な顔になってメニューを眺めだしたので「はい」と応じ、一礼してカウンターに戻る。

ふっと息を吐くと、フユが目だけでくすりと笑った。がんばったなと言われた気がして、照れくさくなる。

賑やかに「これが美味しそう」「あら、こっちも気になるわ」と品定めをする声が店内に響き――そうしているうちに祖母たち以外の客も来店し、次々と席を埋め――。

音斗は張り切って接客し、フユは注文を受けたパフェを作るために、厨房へと戻ったのだった。

席が全部埋まって、音斗がひとりでそれぞれのテーブルに注文のパフェを配り、やり遂げた気持ちでカウンターの奥に引っ込んでいたときのこと――。

「あり得ない！」

チーズパフェを食べた男性客がカウンターをコツコツと叩いて、きつめの声でそう言った。

さすがに中学生の音斗だけを店に出しているのは問題だろうと、ハルがカウンターのなかに入っている。ただし「一切、しゃべるな」とフユに厳命されているため、常ならば饒舌《じょうぜつ》な口をぎゅっと締めている。

「俺はパフェを食べに来たんだよ。甘いパフェを。このパフェしょっぱいじゃないか」

三十歳前後だろうか。こじゃれた顎髭《あごひげ》に短髪。カジュアルな服装のその男性が『マジックアワー』に来たのはおそらくはじめてだ。少なくとも音斗は彼に見覚えがない。

「ちょっと君。ぼくのオーダー間違ってるんじゃないよね。これってチーズパフェ？」

音斗を指で差し招き、胡散臭《うさんくさ》げにそう続けた。

たしかにチーズパフェは、チーズの味を強めに出しているため「あれ？」と思うくらい塩気がある。音斗もはじめて食べさせてもらったときに驚いたくらいだ。だが、甘くはないけれど、厳選された乳製品であることにこだわっている『マジックアワー』ならではの自慢の逸品で、とても美味しい。

すすきのでお酒を飲んでの帰り道に、口のなかをさっぱりさせたくてと「甘いのは苦手だけどこれは食べられちゃうんだよね」と注文する客も何人もいる定番メニューだ。チーズクラッカーをそのままアイスにしたような、他店では食べられない味のパフェである。

『マジックアワー』のパフェとアイスは素材の味を大切にしている。果物系パフェは果汁たっぷりの手製シャーベットをベースにし、アイスは牛乳の濃さをしっかり味わえるように作られている。

カウンターの奥で、ハルの目がキラキラと瞬いた。いまにも飛び出してなにかを言いそう。ハルは揉め事や騒動が大好物なのだ。

――ハルさんに反論させると、きっとおおごとになっちゃう！　口から先に生まれたみたいなハルだから、口論になってしまうかもしれない。そうしたら店の評判に響くかも。

音斗の頭のなかでバネみたいなものがうわっと弾けた。

ツッコミと常識担当としては、ハルより先に動かなくてはならない！

「あの……それはご注文いただいたチーズパフェです。間違ってないです。メニューにも『チーズの味わいそのままの塩気のあるパフェ』って説明書きをつけています」

「あのね、想像した塩気を超えてるんだよ。もしかして作り方間違えたんじゃないの？　パフェって甘いもんだよね。甘いの食べたくて頼んだのにここまでしょっぱいってどういうことだよ！　だいたい他の店のチーズパフェはちゃんと甘かったぞ」

「しょっぱいパフェなんです。……すみません」

想像を超えていると言われたら――どう言って返せばいいかわからない。精一杯の気持ちで頭を下げる。謝罪するしか音斗には手段がなくて。

「謝られてもさあ。パフェ屋だったら甘いパフェ出せよ。これに金払えっての？」

「すみませんっ。あの……甘いものだったら……お客様、ハチミツにアレルギーはないですよね？」

「ハチミツ？　アレルギーなんてないよ」

それがどうしたと眉間のしわを深くした男性客に、音斗はポケットに入っていたフユ手製の生キャラメルの包みをあるだけ差しだす。

「これ美味しくて甘いです。うちの店で作ってる生キャラメルでお店にはまだ出してません。しょっぱいもの食べたあとには甘いもの絶対に食べたくなるし、それで甘いもの食べたらまたしょっぱいものが食べたくなりますよね。……だからこれとパフェ、よかったら交互に食べてください。どっちもうちの手作りで、どっちもすごく美味しいんです」

美味しいというそれだけは自信を持って言える。

「なんだよ、それ」

男性はむっとしたように言う。しかし音斗が口を開くより先に、四人掛けのテーブル席にいた祖母が動いた。するすると近づいて大きな鞄《かばん》から包みを取りだし、男性へと押しつける。

「それだけじゃ足りないんじゃないかしら。甘いもの食べたい気持ちってわかるわよ。疲れてたりすると特にね。そんなときにしょっぱいもの出てきたら腹が立つわよね。わかる、わかるわ～。仕方ないから私のおやつもお兄さんにあげるわ。さっきそこで買ってきたばかりの秘蔵の羊羹《ようかん》よ。美味しいんだから、この羊羹」

「え……」

突然、羊羹を渡して寄越《よこ》した祖母に男性は目を丸くした。

「そうよね。甘いものはねえ、ほかじゃ代えがきかないのよね。うちもね、お父さんに『おまんじゅう食べたい』って買い物頼んだら、あろうことか、お煎餅買って帰ってきたことがあるのよ。『おやつには変わりないから問題ないだろう』って威張ってたけど、大ありよね。そのあと大喧嘩よ。私の飴《あめ》もあげるわ」

さらに援護するかのように祖母の友人たちが集って男に次々と鞄から出した「甘いもの」を手渡しだす。

「アタシ、おまんじゅうならあるわよ。ちょうどさっきいただいたのよ。黒糖まんじゅう。お裾《すそ》分《わ》け。たくさん食べてたくさん働かないとね。お兄さん何歳？　若いから、糖分とっても太らないんでしょう。うらやましいわ」

「本当よね。アタシたちだったらすぐにお腹に肉がつくのに。うらやましい」

そこで老婦人ご一行様は顔を見合わせて盛大に笑った。

「あ、笑って、ごめんなさいね。おやつね。おやつをあげなくちゃならないのよね。アタシはカレー煎餅くらいしかなかったわ。でもいいわよね。甘いものとしょっぱいもの食べ比べたら、あいだにカレー煎餅って食べたくなるでしょう。若いっていいわね。お兄さん、うちの子どもくらいの年よね〜」

——いつのまにみんながこの人に菓子を渡さなくてはならないことになってるの？

全員が押し出しが強い老婦人で言い方も動きも妙にテンポが早い。押し返す暇もなく男の手には大量の菓子の山ができている。きっかけを作ったのは音斗だけど、怒濤《どとう》の展開にしたのは祖母とその仲間たちだ。

男性客は毒気を抜かれたようになって苦笑いをし、祖母たちから視線をそらして音斗を見た。さっきまであった苛立ちが表情から抜け落ち、むしろいまは音斗に対して「どうやって収拾つけろって言うんだよ、これ」と問いかけるような、脱力した顔つきで――。

「足りないの？　もっと甘いものが欲しい？　それともしょっぱいもの？　カレー煎餅？」

四人の老婦人に詰め寄られ、男は困惑気味に「もう、いいです」とうつむいた。

ふつうの成人男性にとっては、お年寄りかつ女性の集団は鬼門だとしみじみ思う。

「あら、そう。よかったわ～。……それで、さっきの話なんだけど、ここの近所で猫の集会に参加してる人間がいるんだっていうのよ」

「猫の集会？　なによそれ」

男性客の怒りが萎《な》えたのを察知したのか、婦人たちはまた自分たちのテーブルに何事もなかったかのように会話しながら去っていく。

男性だけじゃなく音斗もびっくりだ。

去り際にカレー煎餅の女性が「音斗くんはおじいちゃんに似てるところあるのね。やっぱり孫ね～」と笑っていた。

――僕がおじいちゃんに似てる？

それはまったくピンと来ない意見だ。

「あの……すみませんでした」

　音斗は小さくなって小声で謝罪を重ねる。男性が「いや。いいよ別に」とカウンターの上にもらった菓子を山にして、音斗が渡した生キャラメルを摘《つま》んで口に入れた。

「ああ。これはマジで美味《うま》い」

　ぽつんと、滴《しずく》が落ちるみたいに男が言って、音斗はにっこりと笑みを浮かべる。最初は苦い顔をしていた男の口元がスイーツの味でゆるく解けていくのを見定めて、最後にもう一回、いろんな意味で頭を下げた。

　カウンターのなかに入っているハルと目が合う。ハルはひどく変な顔で頬を膨らませている。近づいていくと、

「音斗くん、やったね。さすが僕の愛弟子だ！　おかしくておかしくて、でもここでゲラゲラ笑ったらフユにあとで拳骨ぐりぐりだからすっごい我慢したよ。僕、えらかった〜」

　音斗の耳元でささやく。

「うん。ハルさん、あの人になにか言うのかなと思ったけど、控えててくれたよね。

僕にまかせてくれて嬉しかったよ。ありがとう」

「そそそ。どーんと構えて爆笑をこらえてた僕グッジョブでしょ？　そいでもって音斗くんのおばあちゃんナイスキャラ。僕、おばあちゃんのことかなーり好きかも～」

ハルは笑いを堪えていたせいで浮かんだらしき涙を指でそっと拭って「フユにいまの話、報告してくる。黙ってらんなーい」とくるりときびすを返したのだった。


結局、男性客は文句を言いつつもチーズパフェを平らげて帰っていった。

厨房にいたフユが途中でハルと交代し、カウンター越しに少しだけ男性客と話をしていたから――きっとフユはなにかしらの謝罪かフォローをしたのだろう。フユは口八丁でうまく相手を丸め込むことに長けている。

祖母たちは最後まで賑やかだった。

レジで会計を済ませた祖母が、カウンターの脇にぽつんと立っていた音斗の側へとやって来る。なにか言われるかなと身構えた音斗の顔を覗き込み、

「音斗、強くなったわねえ」

祖母がしんみりとそう言った。

「え？　おばあちゃん……あの」

「歌江《うたえ》さんのとこにいるより、ここにいるほうが音斗のためになるのかもしれないわね。おじいちゃんは『そんな必要ない』って言ってたけど、やっぱり実際に通って、目で見て、耳で聞いてわかることってあるのね」

歌江というのは音斗の母親の名前で——。

そりゃあ音斗は『マジックアワー』にいたい。だからここにいることを認めてもらえるのなら嬉しい。けれどそれと、音斗の母のことは別の問題だ。母はちゃんと音斗のことを大事に育ててくれているし、比較して、けなすような言い方をされると胸が痛い。

先に立ちドア前まで進んだ祖母の友人たちが、祖母に「どうしたの～？」とのんびりと声をかける。

「あ、いまいくわ。待って」

するりと背中を向けた祖母に、音斗は言う。気づけば、言葉が口からポンと出ていた。

「おばあちゃん、さっき助けてくれてありがとう」

「ええ」

ちらっと後ろを振り返り、祖母はまんざらでもなさげな笑みを浮かべている。

「でも、お母さんの悪口を言うのはやめて。そういうのが嫌で、僕はあの家を出たんだ。お父さんもお母さんも悪くない。僕にとって、あの家の居心地を悪くしてたのは、おじいちゃんとおばあちゃんなんだよ。僕、おばあちゃんのこと嫌いになりたくない」

「音斗……」

あ……と思うくらいに祖母が顔を歪《ゆが》めた。実際にどこかを痛めつけられたかのように顔をしかめた。言葉は人の心を傷つける。そしてリアルな痛みが胸を打つ。放った「嫌いになりたくない」のひと言は、言った音斗の胸も強く抉《えぐ》る。こんなこと言わせないでよ。できるなら言いたくないよ。

同時に自分はまだまだ強くないなと感じた。

言葉で説明しないで態度でわかってもらえるくらいたくましく育っていたら、こんなことを言わずに済んだのでは、と。

「おばあちゃん。僕、もっと強くなる。しっかりするね。それを見に、また来てね」

祖母はなにかを言いたそうにした。しかし友人たちに「もう、早くしないと、お父さんたちがご飯待ってるんだから」とせかされて、のろりと首を巡らせ、店の外へ出たのだった。

2

音斗《おと》は、現代的に進化したとはいえ吸血鬼の末裔なので、陽光に当たると倒れてしまう。

なので外出時はＵＶ加工した帽子と手袋を身につけ、サングラスをかけてマスクをし、日傘を差している。

フリルのついた日傘を、日光に対しての盾のように構えて歩く中学生の音斗の姿はさぞや不気味だろう。しかし、人というのはだいたいのことに慣れるのだ。音斗も自分の奇異な外出姿に慣れていき、近隣の住人や中学校の生徒と先生たちも、音斗の様子に慣れていった。

対外的には音斗は「重度の紫外線アレルギー」ということになっている。

「お〜。ドミノの格好見ると紫外線の具合がわかるな。秋になったとはいえ今日の紫外線も強敵なんだな」

教室に辿《たど》りつくとクラスメイトの岩井《いわい》がニカッと笑って音斗に言った。岩井は野球部所属で、くりくり頭の元気男子だ。音斗にとっては、はじめてできた同性で同学年の友だちだった。

「岩井くんおはよう。ふう〜。本当、秋が来ても日差しは手強いよ」

音斗は、日傘を畳みながら、額を片手で拭ってそんなふうに言い返す。帽子、手袋、サングラス、マスクと順番に外していくと少しずつ音斗の素顔が露《あら》わになる。

友だち相手だったら、くだらないことを言ってもいいんだというのを岩井と話すことで知った音斗だった。どうでもいいことで笑いあえる。そんなひとときがとても幸せだ。

「おはようっす。ドミノさん、猫の集会に人間がひとり交ざっているっていう噂知ってます？　それこそハルさんあたりのアンテナに引っかかってないっすか」

タカシが眼鏡《めがね》をゆるく持ち上げて言う。

タカシは違うクラスだが、岩井を通じて仲良くなった。最近、長めの休み時間や放課後はタカシと岩井と三人で過ごすことが多い。

音斗と同じ中学一年とは思えないひょろりとした長身のタカシは、新聞部に所属していて、学校だけではなく町内、さらには札幌《さっぽろ》市内に広がる噂の収集に余念がない。当面の夢は校内新聞に自分が手がけた記事が載ること。いきなり「世界的なニュースを発信したい」というような大きな夢を掲げないあたりがタカシの性格を物語っている。コツコツ、堅実な十四歳なのだ。

「んーと、猫の集会ってなに？」

「知らないんすか。猫ってたまに夜中に集会してるんっすよ。空き地で輪になって野良とか飼い猫とかがたむろってるんっす。話し合ってるのかなんなのか、オレたち人間にはわかんないことっす。なのに、その猫集会にひとりだけ交じってる人間が目撃されているらしいんですよ」

音斗は「猫の集会」というものを想像する。香箱座《こうばこずわ》りをした猫や、でろんとのびた猫たちが、思い思いに輪になっている。空には星と月。猫たちの目だけが爛々《らんらん》と光っている……。

——そんなの見つけたら近づくよね。

可愛いじゃないか。猫の集会。

「猫好きな人がうっかり見つけてしまって、ふらふらと紛れ込んだんじゃないの

「……？」

「猫の集会っすから人間が近づいたら猫が散っていくもんなんっすよ。『空気を読めない人間が来た』って感じで迷惑そうにして、猫がみんな去ってくもんなんです。オレ、やったことありますから。こそーっと近づいてったら猫たちがみんなするするーっていなくなっちゃって……」

「タカシ、空気読めなかったんだ？」

岩井があっけらかんと尋ねる。

「う……。だってそんなん見たら近づきたくなるじゃないすか。オレそんとき子どもだったし。子どもだったら仲間入りできるかと思うじゃないすか。それにこないだハルさんが空気は読むもんじゃなく変えるもんだって言ってたっすよ。いいじゃないっすか。読めてなくても！」

そもそも対外的には音斗たちはいまだ子どもだというツッコミを脳内で入れておいた。

「俺、よく考えてみたんだけど、空気はタイヤとかボールとか浮き輪を膨らますもんだ。読まなくていいんだよ。吸ったり吐いたりしようぜ」

「岩井くん真顔でボケないで……」

仕方ないから音斗がツッコミを入れて収拾する。昨今の音斗たち男子三人の会話の「大喜利」っぷりときたら、止《とど》まることがない。いつまでも、どこまでも、どうでもいいことを言いあって最後にげらげら笑って終わるのだ。

「そうっすね。岩井っちの天然のボケは置いといて――その猫の集会に参加してるのが、黒いマントを着た男だっていうんすよ。しかもその男が猫の集会のど真ん中でなにかを必死に猫たちに訴えてるって。男の演説に、猫が迷惑そうにしてたっていう情報が……」

――それって伯爵では……？

音斗の脳裏に、由緒正しい吸血鬼――伝統を守って「人の生き血を吸って」暮らしているオールドタイプの吸血鬼の姿が浮かんだ。

金色の髪に蒼い双眸《そうぼう》。酷薄そうな美男子で――なのにとっても中身が残念で「私のことは伯爵と呼べ！　我に必要なのは下僕のみ」と涙目になって力説し――夜の街で野良猫に猫缶を与えていた男。

「世の中には変な奴がいっぱいいいんなー！　猫に演説して、それで猫に嫌そうにされてんのか～。黒いマントって前にロッカーのなかに潜り込んでドミノに襲いかかった変質者と同じだ。いま黒いマントって流行《はや》ってんの？」

岩井が言う。

「そんな話聞かないっすよ。もしかしたら同一人物だったりして。この『猫集会』の話、猫だけだったら不思議で可愛いって話っすけど、そこに人間の大人が交ざると、突然、不気味になるんすよね。だって猫に演説っすよ？　見た人怖くって足音しのばせて逃げたって話っすから。不審者見たって通報して、夜の見回りを強化してもらうことにしようって話になってるっぽいっす」

「そう……なんだ」

音斗が顔を引き攣《つ》らせていると、始業前のチャイムが鳴り――。

「あ、もうクラスに戻らないと」

タカシが片手を上げ、教室を出ていった。

すぐに先生がやって来て、ＳＨＲ《ショートホームルーム》がはじまる。日直の挨拶のあとで、連絡事項を先生が手短に話す。

「今日の六時間めのＬＨＲ《ロングホームルーム》で、来月の『校内合唱コンクール』について話し合ってもらいます。なにを歌うかとか、ピアノの演奏者と指揮者を決めたいので、六時間目までにちょっと考えておいてください。委員長、あとで職員室にプリント取りに来てくれるかな？」

委員長と呼ばれ、守田《もりた》が「はい」とよくとおる声で返事をした。

――守田さん、髪の毛ちょっとのびたかなあ。

二学期になって席替えをしたせいで、音斗は守田と席が離れてしまった。音斗はたまに授業中でも日傘を差していることがあるので「高萩くんが前の席だと黒板が見えません」という、とてももっともな抗議を受けて、自動的に日光の届かない廊下側の後ろの席になってしまった。

守田は教室中央の列の、前から三番目。

守田が眼鏡のフレームを指で上げてから、髪を指先でするっとかき上げる。肩先で髪の毛のひとふさがくるんと外にはねた。毎日変えている髪留めは、今日は赤いキノコのワンポイントだ。

音斗は守田のことが好きなので――毎日、毎時間、守田のことを見続けていてもちっとも飽きない。最初は席が離れてしまったことが悲しかったけれど、後ろからだと授業中も好きなだけ守田のことを見ていられるので、これでもいいな……なんていまは思っている。

板書を写している途中でなにげなく見渡した視線の先に、守田の背中を見つけただけで胸がきゅっと切なくときめくのだ。こういう気持ちははじめてで、ドキドキする自分をどう取り扱えばいいのか、わからない。

守田が耳に髪の毛をかける細い指とか、生真面目《きまじめ》な顔でノートにペンを走らせる姿とか、そういうのを見ているだけで「好きだなあ」と思う。委員長としての仕事を真剣にやっているときや、HRや掃除で騒ぎだす男子を「男子、静かにする！」と目をつり上げて怒るときでも、やっぱり「好きだなあ」と思うのだ。

初恋は、音斗の毎日を楽しく幸福に彩っている。当たり前のように守田が好きで、見ていたら楽しくて——呼吸するのをやめたら死ぬように、音斗は守田を「好きだなあ」と思えなくなったら死ぬのかもしれない。そんな感じだ。

ぼおっと守田に見とれているうちにSHRが終わってしまった。「起立、礼」の声から少しずれて、みんなが着席したときにやっと立ち上がるというていたらく。

どうしてか振り返った守田にポツンと立っているのを見つかって——動揺する音

斗に、守田がくすっと笑った。

――わ、笑われた。また変なことしてるって思われたかなあ。

守田の笑みはいつでも好意的だけれど。嘲笑されたりすることはないけれど。でも音斗だってたまには守田に「かっこいい」みたいに思われたいのに。変なところばかり見られている気がする。

音斗の耳がぽわっと熱くなって、赤面しうつむいた。ガタガタと椅子に座ると、守田が立ち上がって教室を出ていった。

「委員長、プリントもらいにいくんでしょ。あたしも手伝うよ」

「ありがとう。助かる」

仲のいい女子が守田の後ろをついていった。

学校を終えて――音斗が帰宅した『マジックアワー』ではフユとナツが眠りについていた。

ハルだけは起きていて、遣い魔の太郎坊《たろうぼう》と次郎坊《じろうぼう》となにやら話しあっている。

遣い魔たちは大きくて四角い顔のよく似た巨軀《きょく》の男ふたりだ。いまは人間に変身しているが、ときによっては雄牛の姿を取ることもある。牛と人のどちらが本体なのかはわからない。

胸元に牛のマークのついた作業着で、伝票の束を抱え「計算が合いませんぞ」「計算高いのは人としてよろしくないと聞きましたぞ」「オイラは計算などしたことがない」「してないものは合うはずがない」「合わないものはやらなくていいことにしようぞ」とポンポンと言い合っている。

そしてホルスタインの雌牛の「お母さん」が部屋にどっしりとかまえていた。

はたして「お母さん」が何者なのかも依然として不明だ。ただ誰よりも早くに音斗の帰宅に気づき「もお〜」とビブラートの効いた優しい声で鳴き、音斗の手の甲に真っ黒な鼻を押しつけるような、そういう雌牛だということだけは知っている。

部屋のドアを開けた途端、音斗はお母さんにぺろりと顔を舐められ、くすぐったさに笑ってしまった。

「おおおお、音斗さま〜、おかえりなさいませ〜」

「フユさまからホットミルクをお飲みになるようにと伝言がありました。我らがホットなミルクを音斗さまのために用意いたしますのでしばしお待ちくださいませ～」

太郎坊と次郎坊がバタバタとして言う。

「ただいま。えー、いいよ。ホットミルクは自分で作るよ。太郎坊と次郎坊には仕事があるでしょう？」

彼らは日頃は牛のマークの宅配便の仕事をしているのだ。

「ハルさんも飲む？」

鞄を置いて手を洗ってから冷蔵庫の牛乳を取りだす。

ハルはシャープペンシルを指先でくるくると回しながら、珍しく真顔でなにかを考え込んでいる。

「んー、ありがとっ。僕は冷たいままでいいよ。――お母さん、もしなんだったら僕がその伝票まとめとくよ～。お母さんもやることたくさんあるでしょう？」

雌牛が深くうなずいた。巨大な頭をぶんっと縦に振り「まかせたわ」というような静かな目でハルを見返した。そしてカツカツと蹄《ひづめ》を鳴らして歩き去る。お母さんの動きにあわせてドアが自然にパタリと開く。そして、ドアより巨大な胴体をしているのに、どういうわけかお母さんはちゃんとドアをくぐり抜け——どこかはわからない場所に立ち去ってしまうのだ。

たぶん異次元とかなんだかそういう場所へ——。

「ありがたき幸せ〜。ではこれを」

「そしてこれも」

太郎坊と次郎坊が伝票をハルの前へと捧げ持つ。

「んー」

ハルがぴろりとすべてを指でつまんでテーブルに置く。

「「ありがたき幸せ！」」

太郎坊と次郎坊はラフレシアの巨大な花が咲くような、満面の笑顔になった。バアアアアアアという擬音をつけたいくらいに笑顔が炸裂している。たぶんふたりとも数字が苦手なので伝票計算をハルにまかせられることが嬉しいのだ。

「もうっ。僕からすると、ありがたくないしわ寄せだよ〜。でも、やってあげる。僕ってえらいな！」

「ハルさんは寝なくていいの？　明け方まで仕事だから、昼間寝ていないとつらくなるでしょう？」

注いだ牛乳のグラスをハルの前にことりと置いて音斗が尋ねる。

「そりゃあつらいよ〜。でも僕って天才じゃない？　僕がやらないとどうにもならないことが多すぎて寝てる暇はないのだ〜。そ、れ、にっ、充分知ってたことだけど、やっとフユが僕の才能の素晴らしさを認めてくれたから、まあ、やっちゃおっかなーっていうか……って、あ」

そこまでベラベラとしゃべってから「しまった」という顔をして唇を閉じた。ひとさし指を立てて唇に置き「いまのは内緒」と絶妙な角度で小首を傾げる。上目遣いの視線とか、ふわりとした花びらみたいな唇とか、悪戯《いたずら》っぽい笑顔とか――自分の容姿を計算しつくしたポーズだが、音斗はすでにハルのこういう可愛らしさを見慣れている。

「ふうん。内緒なんだ。じゃあ聞かなかったことにするね」

「さすが音斗くん。空気読むね！　ザ・いい子！」

チクチク。針が二回くらい胸を刺す。別に悪い子に憧れてるわけではないのだがハルにいま言われた「いい子」は馬鹿にされているように感じられるのはどうしてだ？

　傍《かたわ》らで太郎坊と次郎坊が「ふむふむ」とうなずいてから口を開いた。

「空気を読む。行間を読む。さばを読む。人間たちは『読んで』ばかりだ。たまには書いてみてはどうか」

「そうは言っても太郎坊、人はたまに汗をかき雪をかき恥もかく。かくこともあるぞ」

「それって違うって。だーかーらー前から言ってるじゃーん。空気は変えるもんだし行間なんて書き足せばいいしサーバーは増強さ。増設したサーバー最強ヒャッハー!!　って、サーバーの話したらナツがさー、『ハルがサバサバ言ってるから魚屋さんでハルのために強そうな鯖《さば》を買ってきた』ってプレゼントしてくれてさー。その鯖じゃないっちゅーの！」

　実際ハルは場の空気を変える。それに比べて空気を読むばかりの自分のなんと情けないことかと音斗はしょんぼりする。

「強そうな鯖はフユが今夜調理して夕飯に出してくれるって。牛乳で鯖の臭みをとって作るミルク鯖味噌だってさ〜」

聞いたことのない料理だがフユが作る料理はどれも美味しいので、きっと美味しいのだろう。

「ねえ、ハルさん。血を吸う吸血鬼のこと聞いていい？」

「いいよ！」

「血を吸わなくなることもできるんだよね？　だってハルさんたちが進化したっていうのなら、そのうち吸血鬼たちみんなも血じゃなく牛乳飲めるようになるよね？」

「そそそ。その気になれば可能だと思うよ～」

「吸血鬼に血を吸われた人は下僕になるみたいに言ってたけど、守田さんのお姉さんはハルさんの薬で解毒できたってことは、これからも誰かが吸われてもハルさんの薬があれば大丈夫ってことだよね？」

「まあね。なんせ僕は天才なのでありとあらゆる不可能を科学の力で越えてみせるのだ～。吸血鬼たちみたいに魔法で現実を覆《くつがえ》したりのはしないのだ～。すごいでしょう？」

「すごいよ。うん……。すごいです」

魔法を使えてる吸血鬼もすごいと思うのだが。

「ところで音斗くん、フユに頼まれてた『パフェ屋クエスト』は順調？　フユが岩井くんたちに食べてもらって『これと同じパフェを出している店を探せ』って言ってたやつ」

「夏休みの終わりに円山《まるやま》公園のほうにいったきり。美味しいって言われるパフェ屋さんはあらかたいっちゃったんだ。フユさんがあらためて、調べて欲しいお店をピックアップしてくれるまで待機だよ」

どうしてフユがそんなに真剣にパフェ屋探しをしているのか——よく考えてみたら謎ではあるけれど、もしちゃんと見つけられたら、フユが音斗たちに理由を教えてくれるんじゃないかと思っている。

「ふーん。停滞中なのか。あのさ、こないだチーズパフェに文句言ってたお客さんが『よそのチーズパフェは甘かった』って言ってたじゃん？　フユがさ、うまいこと謝罪しながら、そこのパフェの味について詳しく聞いたんだって。話聞いてるうちになんか敵愾心煽《てきがいしんあお》られたのか、そのパフェの店の情報仕入れに熱心で……僕にも検索しろしろってうるさいったらなくて。だからそのうち音斗くんたちにまた頼むかもしれないよ〜？　いまその店がフユのターゲットっぽい」

「そうなの？　どこにあるお店なのかな」

「ついこないだできたての店で、北区新川《しんかわ》にあるんだって。駅からだとどこも遠くて、車か、地下鉄とバス乗り継いでいくしかないんだよ。近所の人以外だと、とりあえず店にいきつくことがまず大変。しかも撮影が一切禁止で、いい評価含めて口コミ系サイトに書き込みすることも禁止なんだって。おかげでふつうの検索じゃ全然ひっかかってこなくて。いまどきｗｅｂを使わないってのは時代と逆行してるし、気に食わないよね。僕に断りもなしに何様って感じ！」

自分こそがネットの神様であるかのように異を唱え、口を尖《とが》らせる。

「でも味は美味しくて店員がイケメンと可愛い女の子なんだって。口コミブログに載ってないから知りあい辿ってのＬＩＮＥやツイキャスでの呼びかけ使って情報収集したんだ〜。僕、ツイキャスたまに配信してて、けっこう高評価でファンがいて、みんないろいろ教えてくれるんだ」

正直、ハルがなにを言っているのか音斗には詳細はわからない。ハルはツイキャスというものを配信しているらしい。たぶんネットのなにかだ。質問したら長くなりそうだから、そこは流すことにする。

「遠くても、美味しいパフェが食べられるなら岩井くんとタカシくんはいつでも大歓迎だと思う。だって小樽《おたる》までいったくらいだからさ。僕もフユさんの役に立てるなら、がんばりたいし」

「ふーん。僕、次はパスするね。ごめんね、一緒にいけないと思う。僕がいかないとみんながっかりするよね。だけど、僕は別件でフユに頼まれ事してるし、忙しいんだよ～。天才ハルくんの活躍にご期待ください～っ。……って、まずい。そうだった。これは言っちゃ駄目だったんだ」

またもや唇を閉じ、目を瞬《しばたた》かせる。

ハルは秘密を抱えるのには向いていない。そんなことに向き不向きがあるとは知らなかったが。たいていの人はここまでおしゃべりではない。

「ハルさん口が軽いにもほどがあるよ。聞かないふりをしておくね」

もう言わないでねと、あえて釘を刺してみる。

秘密事項は、美味しいパフェ屋情報のことか、それとは別件のことなのか。それとも両方とも話してはいけないことなのか。

音斗の言葉に「口に軽いとか重いとかあるのか」「じゃあ耳だって軽いとか重いとかあろうさ」「口より手足が重い」「腹が重いのはわかる」「いやいや。腹は黒いんじゃなかったか」と、太郎坊と次郎坊が賑《にぎ》やかになった。

収拾がつかなくなるから、音斗はさらっと話題を変えることにした。

「……そういえばハルさん、猫の集会の話知ってる？」

学校でのタカシとの会話を思いだしふと聞いてみた。

「なに？　猫の集会の話って」

——あれ、そういえばハルさんモバイル開いてないんだ？

最初、どこか見慣れないなと感じたのはハルがシャーペンを持ちノートを広げていたからだ。ネットゲームが大好きなハルがPCを開いていないなんて。なんとなくその手元を覗き込んだら、なんだかよくわからないアルファベットと数字の羅列がノートを埋めていた。化学記号みたいだったが音斗の知識では即座に把握できない。

——それにハルさん、なんだか珍しく……？

パフェを作るときのフユみたいな、きりっとした目でノートを見ていたような？

こんなハルを見るのは、はじめてかもしれない。

いつもきゃらきゃらおちゃらけているのがハルなのに。

ハルがパタリとノートを閉じる。見られたら困るみたいなタイミングだから話の流れからして「こっちもフユさんに頼まれた内緒のことに関わってるのかな」と追及はしない。ノートの中身が、いつになく真面目な顔をハルにさせている「問題」だとしても、音斗が聞いたら、ハルはべらべらと語りだしてしまいそうだから。聞かない心遣いというのも、必要な気がして。

「いや……なんだか近所でたまに猫の集会があるんだって。僕、猫の集会っていうの知らなかったから不思議だなあ、見てみたいなあって、それだけ」

ハルたち牧歌的吸血鬼がオールドタイプの吸血鬼にする仕打ちを見るにつけ――伯爵が猫の集会に参加しているかもしれないなんて言えないなと思う。ハルが知らないということはまだこの噂はｗｅｂには広まっていない、もしくは根も葉もない嘘かもしれないし、伯爵とは無関係かもしれない。

――どっちにしろ伯爵のことは僕ひとりでどうにかしよう。

ハルやフユのことは好きだ。でもハルたちの伯爵に対する容赦のなさはどこか納得がいかない。

　曖昧にごまかし、音斗は自分のためのホットミルクを作りはじめたのだった。


　窓の外が暗くなり、音斗はナツとフユを起こしにいった。

　いつもの『マジックアワー』の夜がはじまり、店が忙しくなった頃合いに、音斗はこっそり外へと抜け出した。猫の集会を探るためだ。

　とはいっても――音斗に猫の聞き込みは無理だった。音斗は猫語を話せない。

　商店街のアーケードを歩いて抜けてはずれまで。碁盤の目のように区切られた区画をずっと歩き続ける。途中でアーケードの屋根がなくなって――商店ではなく一般住宅の割合が増えてくる。

　先にいって右に曲がると北海道庁。でも音斗は逆方向に曲がって住宅地へと向かう。

　猫がいたら後を追いかけようと思っていたが、猫の姿は見つからない。人もいない。寒い風がピューピューと付近をかき混ぜているだけだ。羽織ってきた上着の胸元をぎゅっとかき集め、音斗は少し考えてから、夏のあいだによく伯爵を見かけた道ばたへと足を進めた。

「伯爵？　いない？　いるなら出てきてよ」

以前、ここで伯爵は猫とたわむれていたのだが——。

いき止まりになった道の端。電信柱の影が路面に黒く、長く、のびている。見上げる街灯は寒々しい白い明かりだ。

夜空のすみに、見覚えのある淡い乳白色の靄《もや》がぼんやりと空へと立ちのぼっていた。

伯爵が出現もしくは消滅するときに周囲にたなびく淡い靄だ。目くらましみたいな効果の魔法の煙。小さな竜巻みたいなそれが、ゆるゆると輪郭を溶かし形を崩して夜の闇に溶けていく。

「伯爵……いまさっきまでここにいた？　だってこの煙って伯爵が出てきたり消えたりするときのやつだよね」

音斗が投げかけた言葉がポツンと夜の底へと沈んでいく。誰にも声を返されない言葉はどうしてこんなに寂しげに聞こえるのだろう。

――世界にひとりぼっちみたいな気持ちになる。

ひとつ道をこえるとそこは雑踏で――いき交う車のライトと歩行者に溢《あふ》れ、すすきのにくり出す大人たちが笑いあっているはずなのに――。

自分だけ街の裏側にポンと押しだされたみたいな気持ちになった。あたたかい光を窓に灯《とも》す家の扉はどこもかしこもぴたりと閉ざされている。ここから先は通せんぼ。世界じゅうから閉め出しをくらってしまったような孤独感。

音斗の足もとに貼りついた影が、音斗の孤独にあわせて、不格好にうろうろとさまよっている。

――寂しいな。

寒さは孤独とつながっている。

音斗は、本当にはひとりぼっちじゃない。親がいて、友だちがいて、好きな子がいて、頼りになるフユとナツとハルがいて――毎日が楽しいと思える。だからこそ、伯爵のことを考えると胸が痛くなる。

伯爵が世界の裏側で泣いていそうで悲しいよ。絶対に泣いてなんてないって伯爵は言うに決まってるけど。自分は孤独を選んだのだと胸を張って威張るのだろうけど。伯爵がそれでよくても、音斗は、伯爵をひとりぼっちにするのがつらいのだ。

みんなといる楽しさを知ってしまった音斗だから……。

「伯爵、お腹すいてない？　寒かったりしない？　生き血をあげることはできないけど……これならいいんじゃないかなと思って。生魚なんだ。血合いっていうの？　血の塊があるから舐めたら少しはいいのかなって。あの……すごく失礼なことしてるのかもしれないけど……でも飢えるよりいいと思って」

ナツが買ってきた「元気のいい鯖」の、調理されていない一部をこっそり台所から持ち出してきた。

音斗はジップロックにつめた生鯖を皿に盛りつけ、電信柱の下にそっと置く。

伯爵は吸血鬼で不思議な力を持っていて、変幻自在で――神出鬼没。なのにどうしてそんな伯爵を素晴らしいとか羨《うらや》ましいとか思えないのだろう。怖いとも思えない。

いまも姿を潜《ひそ》め、暗がりからそっと音斗を覗いているのかもしれないと思うと切なくなるのだ。

「伯爵、猫の集会に出てるって本当？　もしそれが伯爵だったら僕もその集会にいってみたいから今度僕のことも誘ってね。それから、伯爵は飲まないって言うけど牛乳も……。そもそも血液と牛乳って成分がよく似てるから、きっと伯爵も牛乳で血液の代用できるんじゃないかなって。伯爵の美学に反するかもだけど、科学としてはたぶんＯＫみたいな……」

虚空に向かってささやいて――これって傍《はた》から見たらかなり変だよなあと、自問する。

猫の集会に出てるらしい伯爵と、音斗は、似たようなものだ。音斗は誰もいない道ばたで、電信柱の陰に向かって切々と訴えて、鯖の切り身と紙パックの牛乳を供えているのだから。

「調べたらいま人工血液っていうのがあるんだよね。人が化学的に作った血液って色が白いんだって。いくらくらいで買えるのか、どこで買えるのかまではまだわかんない。けどそういうのが増えたら伯爵は生き血を飲まなくてすむと思うんだ。それで生き血を飲まないなら、人間と吸血鬼ってふつうに共存できるかなって。昼は動けなくて寝てばかりで引きこもってるとしても……仕事探せばあるよね。……夜の仕事いろいろあるし」

いろいろあるんだろうか。伯爵にできる仕事が咄嗟《とつさ》に思いつかないが、そこはあとで考えることにする。

「伯爵からしたら僕は子どもで、なに言ってんだって思うかもね。それでも友だちになりたいんだ。僕、伯爵のこと好きだよ」

じーっと待った。

返事がくるのを待った。

でもなにも返ってこなくて、音斗はうつむいて小声で言う。

「あんまり長い時間、お店を抜け出したらフユさんが心配するから、そろそろ帰るね。お皿は明日の朝、学校にいくときに取りに来るね」

音斗は、電信柱の向こう側にぴょこんと頭を下げる。なんとなくそのあたりに隠れていそうな気がしたから。

「また来るね。次は猫の集会に誘ってね」

後ろを振り返り——振り返りしながら音斗は『マジックアワー』へと帰っていった。

＊

音斗が立ち去ったあとの路地裏にふわりと白い靄が立ちこめる。

鯖の載った白い皿のふちに、磨き込まれた革靴を履く足がコツンと当たった。

忽然《こつぜん》と姿を現した男の黒いマントが風に翻《ひるがえ》る。フードに覆われた白皙《はくせき》の美貌。どこまでも澄んだ蒼い双眸が闇夜にぽうっと光を灯して瞬いた。

伯爵である。

憤怒の形相《ぎょうそう》に歪《ゆが》んでも、伯爵の美貌は損なわれない。むしろ歪みを伴った残虐さがアクセントになり、より美しさを増している。

「あやつは我をなんだと思っているのだ。清らかな乙女の生き血を啜《すす》り、純血の贄《にえ》を捧げられて永久に生きる私に……鯖の血合いを舐めろと!?」

ぎりぎりと唇を嚙《か》みしめる伯爵を宥《なだ》めるかのように、重量感のあるもふもふした長毛の猫がのっそりと近づいて「なあん」と鳴いた。

下から見上げていながらも、猫はいつでも「猫から目線」だ。上からでも下からでもなく猫特有の「我は主。我以外は皆下僕」と言っているかのような横柄さ。
たぬきと見まごうばかりの巨大猫は、実は近辺の猫たちを統べるボス猫であった。
伯爵のすねにくねっと身体《からだ》を押しつけてから、巨大さとふてぶてしい面構《つらがま》えから
は想像できないような愛らしい声で「なあ～ん」と鳴いて、皿をチョンチョンと前
足でつついた。
「ま……まあ、そなたが気に入ってるのならこれはこれで受け取ってやらぬことも
ないが」
怒っていたのに腰砕けだ。伯爵は猫に弱い。
ん～、と絶妙な返事をし猫は満足げに皿に口をつける。むしゃむしゃと食べる大
猫を見て、遠くから別の猫たちがそうっと近寄ってくる。近づくが、手は出さない。
大猫は途中で満足したらしく鯖を食べるのをやめ、ツンと皿をつついて伯爵を見
て「なあん」とまた鳴いた。
「いや……いらぬ。そなたの心遣い、主として、気持ちだけもらっておこう。あく
までも私がそなたの主だ。わかっているな？」
伯爵がフ……とニヒルに微笑《ほほえ》み片手を軽く掲げて猫に返事をした。

猫が苛立ったように「なっ」と鳴く。

「ああ、そうか。紙パックはそなたの手では開けられないのだな。仕方ない。この血塗られたブラッディハンドの忌まわしい力、そなたのために解放しよう」

ブラッディハンドの解放といっても、紙パックを開き、牛乳を皿に少し注ぐだけなのだが——。

猫と伯爵はわかりあっているのか——いないのか。

すべてが伯爵の勝手な解釈なのか、それともボス猫は伯爵を思いやっているのか——傍目にはわからない。もふもふした猫が鳴き、謎の男がそれに答えているとしか見えない。

「私は高貴なる血筋の貴族にして永遠を知る者。鯖もいらぬし牛乳など飲まぬ。我が求めるのは麗しく無垢な乙女たちの生き血のみ。かぐわしい香りを放つあれ以外では、我が喉を潤すつもりはない」

猫は、くるりと振り返り皿から少しだけ距離を置く。背後に控えていた別な猫が「待ってました」というように鯖と牛乳にとびついた。猫社会は意外と序列に厳しい。

ボス猫が甘えた声色で「んー、なぁん」と鳴いて、伯爵の足もとにちょこんと座った。ゆっくりと顔を上げた猫と伯爵が見つめあう。

「や、やせ我慢などではないっ。鯖の血など舐められるか！　そなたたちの日頃の労に報い、この贄《にえ》を下げ渡す。そなた、主の言葉を信じないとはどういうことだ。私は魔に魅入られ、闇の世界に選ばれた種族。飢えていても乙女の生き血しか求めぬ。最近、そなたら遣い魔たちへの猫缶がないのは、金がないからなのでは、だと？　そんな下世話なことを気にするな。まるであの忌まわしき、血を吸わぬ下賤な吸血鬼のようなことを言うではないか」

かつて自分を罵《ののし》った牧歌的吸血鬼の末裔たちの顔を脳裏に思い浮かべ、伯爵は鼻息を荒くしマントを閃《ひらめ》かせた。

「牛乳を飲んで生きているなんて、それはもう吸血鬼ではない！」

猫の髭《ひげ》がピクピクと揺れ、耳が伯爵のほうへと動く。そしてまた「なあん」と鳴いた。

「ああ、私の身体を心配しただけと言うのか。優しく愛おしいこの地域のボスよ。なに、いざとなれば古くからずっと我が夜の友としてきた賢者の知恵の書物を手放せばよい。あれは価値のあるものだ。売却すればかなりの金になろうさ。そんなことはいまは忘れろ。さあ、我と同じ夜に跳躍する獣たちよ――宴《うたげ》だ。今宵は鯖と牛乳の集い。魔の饗宴――これはサバトだ！」

両手を大きく広げて猫たちに向かって哄笑《こうしょう》した。

3

その日、祖母はひとりで『マジックアワー』にやって来た。

相変わらず「準備中」の看板の掲げられたドアを堂々と開け、カウベルを鳴らして入店する。店の掃除を手伝っていた音斗《おと》の大声の「いらっしゃいませ」をスルーして、生真面目《きまじめ》な顔でスタスタとまっすぐにカウンター席にやって来て、フユの真ん前にストンと座った。

「私、けっこうここに通ってきているわよね。もう一ヶ月くらいかしら？」

フユは顔色ひとつ変えず、

「そうでしょうか。いつもお友だちを連れてきてくださってとても助かっております。ご贔屓《ひいき》ありがとうございます」

静かに目を伏せ、水の入ったグラスを祖母の前に置き、慇懃《いんぎん》に応じる。

「ここに通っているあいだ、あなたたちの仕事ぶりは見せてもらったわ。あなた、私の友だちにも評判はいいわよ。お店のパフェもケーキもお紅茶もコーヒーも美味《おい》しいし」

　途端、フユがにこっと一瞬だけ笑顔を見せた。研ぎ澄まされた美貌に、とろりとした甘みが一滴。美味しいと言われたことがどれほど嬉しいか伝わる類の、思わず漏らした本気の笑顔。

　すぐになんということのない営業スマイルに取って代わられたけれど、ちょっとの間だけ零《こぼ》した心の底からの微笑は、祖母をも怯《ひる》ませた。

　音斗ですら見とれたくらいだ。ギャップのある美貌の男ってずるい。

「ありがとうございます」

　低い声で応じるフユに、我に返った祖母が話を続ける。

「感謝されるようなことはしてないわ。見張りに来てただけですもの。パフェを食べたのは、ついでよ、ついで！　音斗があなたたちに感化されて不良になってないか見張ってただけなんですから」

　ツンと顎《あご》を上げて祖母が言う。

「それに……今日の私はパフェ屋の客じゃないの。私はたくましくなった音斗に依頼があって来たのよ」

「音斗くんに依頼ですか？」

カウンターの内側で、フユが眉間《みけん》にしわを寄せた。

「音斗、こちらにいらっしゃい。いままではずっと優しいおばあちゃんでいたけれど、今日は私は心を鬼にしてあなたを試しに来ました」

物々しい雰囲気で祖母が音斗をきりっと見つめ、続ける。

――おばあちゃん、いままで優しかったんだ⁉

認識の違いにぎょっとなり音斗は目を瞬《しばたた》かせた。

「このパフェ屋が、裏稼業で昼間はみんな探偵をしているっていうの、おばあちゃん、知っているのよ。音斗もその探偵の仕事を手伝ってるって聞いてるわ。でも、探偵って……どうなのかしらと思って。ああ、ごめんなさい。あなたたちの探偵っていう職業そのものに文句をつけてるわけじゃなくて、中学生に探偵させるのはどうなのかしらっていう意味よ」

後ろの言葉は弁解のように、フユに対して投げだされた。

フユの眉間のしわがさらに深くなる。なにか言うかなと思ったが、しばし様子見態勢にはいったらしい。無言で祖母と音斗とを見比べた。

——ここは僕が反論すべきターンだ。ツッコミとして！　がんばる!!

「おばあちゃん、違うよ。『マジックアワー』はふつうのパフェバーだよ。そういう噂があるのは僕も知ってる。昼間、この家がしんとしててひと気がないのはみんなが別なところでなにかをしているからだっていう噂でしょ？　でも昼はフユさんたち寝てるだけなんだよ。深夜営業の店だから、疲れちゃって、夜明けになったら寝るしかないんだ。ふつうのことでしょう？」

「隠さなくてもいいのよ。むしろ歌江《うたえ》さんに最初に言われた『あの人たちは進化した吸血鬼なので昼は寝てないと倒れます。音斗もその血を引いている牛乳を飲む吸血鬼なんです』みたいな嘘より、まともに『親戚は実は昼は探偵をしているので変装して出歩いたり、他人にわからないように隠れたりしています』って説明されたほうが、マシというものよ」

——言われてみたら、そうかもしれない。

遠い親戚が実は吸血鬼でしたって言われるよりずっと受け入れやすいかも。

「あなたたちは——家出した女子高生を捜しだし、変質者をひとり捕まえて、迷い犬を見つけだしたんでしょう？　ちゃんと成果も出している探偵業の親族で――夜は夜でお店をやって働いているし、いまは見直して、音斗のこと安心して預けてもいいかなと思いはじめてるの。だいたい反対されたのは、あなたたちの言い方が悪いせいもあるわよ。なんで最初に本当のことを言わなかったの？　吸血鬼だなんて……くだらない嘘でごまかして」

不愉快そうにぎゅっと口をつぐみ祖母が水を飲む。

音斗は「う……」と詰まった。

――探偵だってことにしておくほうが、おばあちゃんが納得してくれるのかな。

嘘は言いたくないけれど……。

フユたちは探偵じゃない。しかし祖母が羅列したどの話もすべて微妙に現実からズレているのだが『マジックアワー』が関わって事件を解決している部分は合致している。

どうしよう。否定すべきか、黙っているべきか。

困惑する音斗に祖母がたたみかける。そういえば祖母はわりとマシンガントークの人だった。

「おばあちゃんの情報網を甘くみないでちょうだいね。町内会の婦人部に、習い事の絵手紙の友だち、区民センターで開催されている料理クラブ仲間――これでも、おばあちゃんにはたくさんの知りあいがいるの」

――たしかに、毎日のように『マジックアワー』にグループで通い続けていて、ときどきメンバーが入れ替わっているから、たくさんの友人がいるよね。

しかも祖母同様、みんなパワフルだ。情報が網の目のようになって勢いよく祖母のもとに収集されていそうだ。

「おじいちゃんにはまだ音斗が探偵を手伝っていることは言ってないの。そんなの、おじいちゃんに言ったらカンカンよ。わかるでしょう？」

「う……うん」

音斗の祖父をひと言で表すならば「頑固一徹」。音斗にとっては「怒りだしたら止まらないし、なんでも自分の思いどおりに進めたがって、周囲の意見を上から押しつぶす」人である。もちろん祖父のことが嫌いなわけじゃない。でもなんとなく、にこにこ笑顔で会えない相手。

「私もね、音斗がもし危ないことをしそうなら、やめさせようと思って店に様子を見に来ていたの。でもここにいることで音斗が成長しているなら、家出そのものは許してあげてもいいとも思いはじめたの」

完全に「探偵じゃない」と言いそびれたまま話が続いている。

「フユさん……って言ったわよね？　あなたのお名前。あなたたちは歌江さんの親戚だから、変わった人たちなのはわかってる」

歌江というのは音斗の母の名で――。

「おばあちゃん！　また僕のお母さんのことそういうふうにっ。お母さんの悪口は言わないで」

「だまらっしゃい！　音斗、これは悪口じゃないわ。事実よ！　だってこの店の人たちは変わっているもの。フユさん、自動販売機があると落ちている小銭を探して見つけると小躍りして喜ぶそうね。私の友だちにも目撃されているわ」

祖母がフユに問う。

「ええ。お金を拾うと胸が高鳴ります。踊りださずにはいられません。金こそ正義ですからね」

フユが胸を張って応じる。

――フユさんなんでそこで正直になるっ。

それは威張れる性癖じゃない。ごまかして欲しいのに。

「もうひとりは一日に何回も転んだり、グラスを落としたりしているわ。これは変わっているというよりただの粗忽者《そこつもの》ね。でも最後のひとりはダンボールでできた箱をかぶって街を歩いていると聞いているわよ。探偵の変装だとしても、傍から見てびっくりするわ。そういう人のことを変わってないと言い切れて？」

それは――言い切れない。同意するしかない。

「しかも音斗も箱をかぶって歩いていることがあるらしいじゃないの。心配しないほうがおかしいわ。中学校に入っていきなり通学時にサングラスをかけてひらひらした日傘を差して歩くようになった孫の動向を、気にかけるのは当たり前よ」

ぐうの音も出ない。

「なによりこの店の人たちは音斗に強い影響を与えている。音斗は生意気に私に口答えをするようになったわ」

祖母は「口答え」のところできゅっと眉を逆八の字につり上げた。

「それは……僕が強くなったことの証明でもあるよ。前はおじいちゃんや、おばあちゃんが怖くてなにも言えなかった。自分に自信もなかったし。でもいまは僕、思っていることを口に出せるようになった。口答えは、いい影響だよ！　だいいち僕は前みたいにすぐ倒れなくなったんだ。格好が変になったけど丈夫になったんだよ‼」

言い返したら、祖母の口がへの字になった。三秒ほど過ぎてから「そうね」と、うなずく。

フユは祖母の話を聞きながら、カウンターのなかでドリップコーヒーの用意を整えていた。コンロに火をつけて、注ぎ口の細く長い専用のケトルで湯を沸かす。ケトルの銀色の蓋《ふた》を持ち上げ外すと、沸騰した湯がこぽこぽと大きな泡を立てている。

挽き立てのコーヒーの粉をセットして、慣れた動きで片手を高く掲げてペーパーにお湯を注ぐ。コーヒーのいい香りが強く立ちのぼる。

無言のまま一杯分のコーヒーを落とし、カップに注いで祖母の前に「どうぞ」と置いた。

首をかすかに傾げた祖母に、

「今日はパフェバーのお客様ではないとのことだったので料金は発生しません。俺も『マジックアワー』の店員としてではなく話を聞きましょう。高萩《たかはぎ》さん、それで結局、音斗くんに依頼ってなんですか？　条件次第では引き受けないこともない。だろう、音斗くん？」

いつものフユの流儀だ。探偵だとはひと言も言ってない。嘘はついていない。ただ「パフェバーの店員としてじゃなく話を聞こう」と添えただけ。

そして巧みにリードを取った。祖母に選択権があるのではなく「選ぶのはこっちの側だよ」と示したうえで、音斗に話を振った。

「本を探して欲しいの」

祖母が言う。

「本？」

「探している本があるのよ。大事にしていた本なのに、つい最近、なくしてしまって後悔しているの。もし同じ本を見つけてきてくれたなら、私は音斗がここで暮らしていくことを認めてあげてもいいわ」

祖母は祖母で「こちらが条件をつけているのだ」と切り返してくる。フユがせっかく音斗に会話をパスしてくれたのだから、ここは負けてはいられない。音斗は祖母を見返し強く言う。

「おばあちゃんに認められなくても僕はここで暮らすことに決めたんだ。でも、もし僕がおばあちゃんの依頼を引き受けて、やり遂げたら——おばあちゃんはお母さんにいろいろ言うのはやめてくれる？　それだったら僕、おばあちゃんの依頼引き受けます」

祖母は驚いたように目を丸くしてから、顎をぎゅっと引いて、

「本当に強くなったわね。音斗。わかったわ。本を見つけられたら考えましょう」

と音斗の条件を呑んだのだった。


祖母が探している本のタイトルは『蒼き焔《ほのお》の果てに』というものだった。

作者は鳳凰院明彦《ほうおういんあきひこ》——。

三十年ほど前に発行されたもので、内容は短歌の自選歌集だという。四六判とされるサイズの上製本で濃紺の背景に金の箔押しタイトル。

ずっと大事にしていたのだが、気づいたら家のなかからなくなってしまったのだ

と言う。

「一週間前までは確実にあったの。先週、その本を眺めて確認したんですもの」

祖母が言った。

「家のなかからなくなったなら泥棒なんじゃないの？　警察の仕事じゃないのかな」

はたして音斗たちでいいのか……と問い返すと、

「警察なんてとんでもない。お金とか通帳とかはそのままなの。なくなったのは、その本だけよ。それに――おおごとにはしたくないの。おじいちゃんに知られないように、あの本を取り戻したいのよ。わかるでしょう？」

正直、音斗はどこまで「わかって」いるか不明のまま、なんとなく「うん」とうなずいた。わかるでしょう、と聞かれても。説明されないと、細かいニュアンスはたぶんわからない。

だが、あの祖父に家のなかでものがなくなったと伝えたら、どういう事態になるのか想像もつかない。あたりすべてを薙《な》ぎ払う勢いで怒ったり、探しまわったりするかもしれない。おおごとにしたくない場合は、告げないほうが吉だろう。

「でもそれってうちのなかに自由に入ってこられる人が持っていった……っていうことじゃ……」

「だからどうだって言うの？　探してくれるの？　くれないの？」

祖母は高飛車に聞き返す。

「探す……よ」

「どうしてなくなったか、どうやってなくなったかは、私にとってはどうでもいいことなの。ただその本をまた手元に置いてたまに読み直したいのよ。それだけよ」

「おばあちゃんがなくした本そのものじゃなくてもいいってこと？　同じ本を買い直せればいいっていうことなのかな？」

祖母のところから持ち出した誰かの家の書棚に本が収められているのだとしたら、足取りを追えそうにない。けれど「同じ本」であることにこだわらず、読み直したいだけならば、買い直せばいいだけで――。

「ええ。たまに読み直せれば、それでいいのよ。頼んだわ」

祖母はうなずき、そうして店を出ていった。

＊

必要なことをメモし、祖母を見送って――本を探すのなんてたやすいものだと思っていた。ネットで検索し、出版社を調べてあとは書店に買いにいけばいいだけじゃないか、楽勝だと。古い本で入手困難であってもどうにかなると。

しかし――そういうものではなかったのだ。

まず検索してもなにひとつヒットしない。作者の名前も本のタイトルも、どちらも情報が得られない。音斗の検索の仕方が悪いのかと、店に出る前に夕飯をもりもりと食べているハルに探し方のレクチャーを請う。ハルは即座にカチカチとモバイルのキーボードを叩いてくれたが、見つけられなかった。

「検索してもそんな作家いないよ～。音斗くん、本当にその名前とタイトルで合ってるの？　ネット書店や図書館のデータ引っ張ってきても該当する本も作者もゼロだよ～。国会図書館にもないよ～」

「ハルさんが調べてもそうなの？」

困ったなと眉根を寄せて考え込むと、フユがコンロの前で「そりゃあそうだろう」と肩をすくめる。

今日の夕飯はいろいろな中身の揚げ餃子《ぎょうざ》と春巻だ。餃子が揚がるジュワジュワした油の音が食欲を刺激する。揚げたものから順にフユが食卓の中央の皿に盛っていく。

アツアツのそれを口に放り込む。カリッとした皮の歯ごたえのあとで、チーズがとろっと舌先で蕩《とろ》けた。フユの料理には常に乳製品がたっぷり入っている。

「あのおばあちゃんがわざわざ依頼してくるんだから、そんなに簡単に見つかるような本じゃないってことだ。本を見つけたい気持ち半分、それから音斗くんと俺たちの力を試そうとしてる気持ち半分ってところかな。毎日のようにうちの店に様子見にきて、おばあちゃんとしては、次の段階に進んだのかな」

「だよね～。こういうのって腕が鳴るって感じ？　幻の本を探せ～。見つけられないだろうって思われてるなら絶対に見つけて相手の鼻をあかしたいね～。正当なやり方で探せなかったら、いっそ僕たちで作っちゃって『これですね』って渡してもいいくらい～。タイトルと作家名さえ合ってたら、ごまかせない？　厳密に『同じ本』じゃなくていいっていうなら、中身すら違ってもいいんじゃ……」

「そんなの駄目だよ～。大事にしてたって言うんだから内容だって覚えてるに決まってる。それに作るって……無理だよ。本って出版社とかそういうところで作って、本屋さんで売ってるんだよね？」

ハルがまた変なことを言い出したよと頭を抱えたが、

「いや。そういえば作れるよ。本。自費出版っていう手段があった」

フユが言う。

「そそそ。自費出版とか同人誌とかさ～。ってことは、もしかしたらさ、ふつうに本屋さんに流通してる本じゃなく私家版とかそういうのかな。この本も。だからネットのデータにないとか？」

「自費出版？　そんなことできるんだ。それも本屋さんで売ってるの？」

音斗は、ほっこりと湯気の立った具だくさんのクラムチャウダーを飲みながら聞いた。

「売ってるのもあるはず。そのへんは調べたことないけど。でも、少部数だったら全国の本屋さんには回りきらないし、ネットの書店にも出てこないかもしれない～。

三十年前に出た本ってことだし。んーと、中古書店……の検索でも出てこないし……」

ハルが軽快にカチカチとキーボードを叩いている。

――ハルさんが検索しても何も出てこない本なんて僕に探せるのかな。

音斗には無理かもしれない。だんだん自信がなくなって、心が萎《しぼ》んでいく。

でも、祖母からの挑戦なのだと思うと、自力で挑まずになにもしないままますごすごと白旗を上げるわけにはいかなかった。

もし本を見つけたら、祖母はもう母の悪口を言わないでくれるのだ。

「どうしたらいいかわかんないけど、せめて僕は近所の本屋さんや図書館の人に聞いてみる。本に関しては、本屋さんや図書館の人が詳しいと思うし」

自分にできることはなんだろうと思い、そう口に出してみる。

曖昧な第一歩だけれど、足踏みしているより「えいやっ」と踏みだすことが大切なのだと思う。なにもしないでいるより、なんでもいいから努力してみよう。

「それもいいかもしれないな。さすが、あの、おばあちゃんの孫だ。音斗くんは実際に足を運んで自分の目と耳を使うタイプなのかもな」

フユがそう返してきた。

――そうか。おばあちゃん、僕のこと偵察に来て『実際に通って、目で見て、耳で聞いてわかることってあるのね』って言ってたっけ。

「僕、明日から札幌《さっぽろ》の本屋さん巡って、お話聞いてみる。本屋さんの店員さんはきっと本に詳しいし……。でもこんなあやふやな内容で探しにいったら迷惑かなあ」

音斗が考え込んでいるうちに、ハルとフユがポンポンと打ち合うように話題を転じて会話をはじめる。めまぐるしく話題が移るのがハルの話し方の特徴だ。ずっと同じことを考え続けるのにハルは向いていないのだ。

「……フユ、このチーズの揚げ餃子美味しいよ。もっと揚げてよ。あともちチーズ明太揚げ春巻もサイッコー！」

「揚げ餃子は、皮ふた袋開けたんだ。ふたりで四十八個って、いくらなんでもハル食べ過ぎじゃないのか？　太るぞ」

「太ってもかまわないさ。だって僕はダイヤモンドだからね。僕が太って、世界に対する僕の割合が増えることでみんなが幸福になる。輝かしい僕の増量は、人類の希望だよ!!」

フユはため息と共に、

「なに言ってるんだか。胃もたれしても知らないからな」

そうつぶやいてから、台所に向かう。それでもフユはハルのためにいそいそと餃子の皮でチーズを包むのだ。フユは本質的にオカンなのである。

くすっと笑ってフユの背中を見ていたら――フユが言う。

「それじゃあ、音斗くんのおばあちゃんの本探しは、音斗くんにまかせるからな。おばあちゃんも、音斗くんの力で探しだして欲しいんだろうし、俺たちの手伝いは最小限にしよう」

「そう……かな。僕に探して欲しいのかな?」

「ああ。だっておばあちゃん、音斗くんのこと『強くなった』って嬉しそうに見てたじゃないか。内心、鼻を明かしてもらいたがってるんじゃないかな、あれは。複雑な大人の気持ちってやつだ」

「複雑?」

「うーん。見方によっては単純かもしれない。大人心は複雑だけど、なんていうか、こっちからしたら、わかりやすいとも言う。案外、音斗くんのおばあちゃんって可愛い人のような気もしてきたしな」

「ええ～？」

フユの「大人の意見」に、音斗の声が跳ね上がった。あのおばあちゃんが可愛いって？　複雑と単純は逆の意味なのに、その両方？

わからないよと首を傾げる音斗に、フユがちらっと視線を向けて、横顔で笑った。

「検索の鬼のハルがネットで探せなかったものを、音斗くんが足で稼いで探してくるっていうのも悪くない。書名と作家名がはっきりしてるなら、そこまで迷惑な探し物じゃないと思うし……。わからなくなったらまたみんなで知恵を絞ることにして、ここは日中動ける音斗くんにまかせるよ。俺とナツは日光を浴びたら死ぬからな。本屋にいっておいで」

「わかった。がんばる!!」

そんなふうに言われたら――できる限りのことをして、見つけてやろうと思うしかないじゃないか。フユは、ハルだけじゃなく、音斗の転がし方もしっかりと心得ているのだった。

翌日の学校である。

音斗は昼休みの教室でいちばん日が差さない場所——掃除用具を入れるロッカーの側《そば》で、体育座りで輪になって岩井《いわい》やタカシに相談する。後ろには荷物や上着をかけるためのフックがずらりと並び、その上に棚がついている。

「——というわけで本を探すことになったんだ。検索しても出てこない。僕にできる捜査の第一歩は、図書館とか本屋さんにいって、詳しい人に聞いてみることなんじゃないかなって思ったんだ。足で稼ぐっていうのかな」

難しいけれど、やるしかない。

なによりこれは音斗が引き受けた依頼なのだ。ハルやフユを頼ってばかりでは駄目だ。音斗が自分で考えて、調べなくては。

そうしたら祖母はいまよりもっと音斗を認めてくれる——はず。

「それでさっそく今日、うちの学校の図書館で調べたんだけど見当たらなかった。図書館の司書の人に聞いたら『見つからないわ。ごめんなさい』って」

「図書館にもない本？　すっげー。ドミノっていつもおもしろいことやってるなー。パフェ屋探しに続いて本探しか〜。ドミノの手伝いしたいけど、俺、本読まないからな〜。役に立たない自信ある！　足で稼げって言われたら、それは得意だしいくらでも走るからそこだけまかせて」

岩井が言い、タカシが返した。

「岩井っち、役に立たないって、威張って言うことっすか？」

「あと足で稼ぐって走れっていう意味じゃないよ。現場に出向いていろいろと情報とか収集しようみたいな意味で」

音斗がつっこむ。

「そうなのか？　打てる奴が四番になるのと同じ？　送りバント出すときにはランナーが出てないと意味ないみたいな？」

岩井はよく野球にたとえて説明してくれるが、それがたまに会話を複雑にすることがある。

「岩井くん、それってつまり適材適所みたいな話かな？」

「それそれ！　俺は走り回る班！　間違ってねーじゃん。合ってる。タカシはよく本読んでるからタカシとドミノに作戦立ててもらってさ。――あ、そういえば委員長も本好きだよな。朝読《アサドク》んとき毎日違う本持ってきてる。俺なんてなかなか読み進めないからいっつも同じ本だけどさー。委員長にも手伝ってもらったらいいんじゃないか？　ドミノもそれ嬉しいだろっ」

音斗たちの学校には朝読書の時間というのがあるのだ。毎週月曜の朝の時間にみんな席について読書をしましょうという時間が。

「えええぇ。守田《もりた》さんに!?」

心の準備というものが!?

音斗がわたわたとしているうちに岩井はすくっと立ち上がって、

「委員長〜。ちょっと相談あるんだけどいいかな〜？」

と守田を呼びにいってしまった。岩井は即決・即行動の男なのだ。岩井に呼ばれ

「なあに」と守田がやって来た。

――待って。守田さんを教室の床に座らせるわけには！

「あの！　ここじゃなんだから守田さんは……そのっ」

動揺し立ち上がったら、すぐ上の棚に頭がゴチンと当たった。痛くて目から火花

が散った。音斗は「うわっ」と声を上げて頭頂を押さえてまたしゃがむ。

――これ、すっごく、かっこ悪い……。

頭を抱えてうつむいて「ううう」と呻《うめ》く。

「高萩くん大丈夫？」

守田の心配そうな声が降ってきた。岩井もタカシも「大丈夫か」と気遣ってくれたけど、音斗の耳にいちばんに飛び込んできたのは守田の声で――。

「あ……うん。大丈夫。変な声だしちゃってごめんなさい」

視線を上げると守田と目が合った。眼鏡《めがね》の奥の丸い目がパチパチと瞬《また》いて、

「なんでごめんなさいなの？」

髪の毛をかきあげて、守田がくすりと笑った。近くで守田の笑顔を見るときゅんと胸が甘く疼《うず》く。笑われちゃったよと思うと情けないのだけれど。

「なんでって……なんとなく。えーと守田さんはここに座らなくていいからね。床冷たいし」

今度は用心深く棚を避けて立ち、手近にあった椅子を引っ張ってきて「ここに座って」と守田の横に置いた。守田が「別に床でもいいけど。でも、ありがとう」

とちょこんと座る。座った途端、スカートの裾《すそ》がふわっとたなびいて、なんだかお姫様みたいだなと思う。ただの制服のスカートなんだけど。澄ました言い方と、動作が可愛らしかったので。

「委員長、ドミノが本を探してるんだってさ。なんかホウボウどうちゃらのアオキなんとかっていうやつで、俳句？　だったっけ？　とにかくそれ見つかるとドミノんちが助かるらしい」

岩井の適当すぎる説明に、音斗は正確な情報をかぶせて伝えた。

「鳳凰院明彦さんていう歌人の『蒼き焔の果てに』っていう短歌の本です。三十年くらい前発行のものらしいんだ」

「うちの図書館にはない本らしいんすよ。本に詳しい人に聞いてみるところからスタートしようかっていま話してたんす。守田さん、短歌って詳しいっすか？」

音斗のあとにタカシがさらにつけ足して――音斗たち男子三人のコンビネーションは完璧だ。

「短歌は学校で習ったくらいしか知らないし読まないな。でも私にできることあったら手伝うよ。家出したうちのお姉ちゃんを見つけてくれたの、高萩くんのおうちのみんなだし」

「よっしゃー！　じゃあ今日の放課後から本屋さんと図書館の聞き込みとかしようぜ」

テンション高く叫んだ岩井に、守田は眼鏡を指で持ち上げ、

「今日の放課後は合唱コンクールの話し合いと練習があるから、遅くなっちゃうけどいいの？」

冷静に聞いてきて——合唱コンクールのことなんて頭からすっ飛ばしていた音斗たちは「あ」と顔を見合わせたのだった。


合唱コンクールの歌は先日のHR《ホームルーム》で『翼をください』になった。ピアノ伴奏も指揮者も決まって、あとはみんなで練習するだけだ。

楽譜がみんなに配られて、教室のなかで各パートに分かれて集まった。

「本番は二週間後の月曜です。みんなそんな短い期間じゃ無理だって言うけど、それは他の一年生もみんなそうなので、がんばりましょう」

守田の言葉に「二年、三年は毎年この時期に合唱あるんだって知ってるんだよね。ずるい」とか「けど知ってたからって早くから歌の練習しなくね？」と女子たちが言い合っている。

「あーあ。歌かー。早く本屋さんにいって調べたりしたいよな～」

なんて言う岩井に、音斗は「うん。でも、僕こういうのも楽しいから」と答える。

「タカシくんが違うクラスなのは残念だけど、みんなで一緒になにかするの好きだな」

小学校時代は「みんなでなにか」をすることがあまりにもなかった音斗だったので、クラス一丸となっての行事が楽しくて仕方ないのだ。うきうきと楽譜を見て、音符の確認をする。

指揮者は守田だ。

ピアノ伴奏はピアノの上手い人がひとりいたのですぐに決まった。けれど指揮者は誰も手をあげなかったのだ。最終的に「委員長がいいんじゃないかな」と誰かが推薦し、守田が「わかりました」と引き受けた。クラスのなかで守田はそういう役回りだった。真面目で、いろんなことを仕切って、やってくれる女の子。

「それではまず最初に一回ＣＤを聞きます。そのあとでみんなで歌ってみます。それから各パートごとにパート練習をしましょう。パートリーダー、よろしくお願いします」

守田がぺこりと頭を下げる。事前に決めたパートリーダーたちが「はーい」と返事をする。

守田がＣＤの操作をする。曲が流れだした。飛翔の歌なのに、大地にとらわれて憧憬を抱いて空を見上げているような哀切さも併《あわ》せ持つ不思議な歌だ。嬉しくて楽しくて空を飛んでいる類の快活な歌ではない。

願いをかなえてくれるなら――翼が欲しいと訴える歌。

耳を傾けていたら、なんだかじーんとしてしまった。

――僕、この気持ちを知ってる。

音斗の記憶を引《ひ》っ掻《か》いていくような歌だった。歌詞が。メロディが。

身体《からだ》が弱くてすぐに倒れて、遠足なんてとんでもなくて、運動会は欠席で、体育の授業は見学。昔の音斗は、発熱して寝込むベッドから窓の外を眺め、飛翔する鳥を見て「いいなあ」と思っていた。

低く垂れ込めた曇り空のときも、高く晴れ上がった青空のときも――鳥は自由に羽ばたいていて、人間の子どもになるよりあんなふうに飛べる鳥だったらよかったのにと、益体《やくたい》もないことを妄想し涙ぐんでいたことがあったっけ……。

全曲とおして聞いて、

「では、こっちを見てください。皆さん、まず大きな声で元気よく歌いましょう～」

守田が指揮の棒を持ちふわっと手を上げる。みんながそれに合わせて大きく息を吸い込む。音斗もお腹にいっぱい空気を溜め、守田の指揮棒が下りた瞬間、歌いだした。

――大きな声でみんなと歌うのってはじめてだ。

単に声を張り上げるのがこんなに気持ちがいいなんて。

音斗は気持ちを込めて熱唱した。だってこれは音斗の歌だ。憧れを抱いて空を見上げたことがある人のための歌だから。

が――。

音斗の隣で歌っていた岩井の声がまず最初に止まった。「へ？」と小声でつぶやいて、音斗を見て固まる。そのあと順番に——水に落ちた石が作った波紋みたいに、岩井だけではなく、その外側へと沈黙の波が広まっていく。

最終的に小さな身体をばねみたいにしならせて、大きく指揮棒を振っていた守田の手までが止まった。

「……あれ？」

気づいたら——歌っているのは音斗だけになった。教室中に音斗の声が響き渡っている。

「どうしたの？」

さすがにひとりだけで歌い上げるのは気恥ずかしくて、音斗も歌うのをやめてみんなに聞いた。

「ドミノ……俺、おまえはなんでもできてすげーって思ってたけど、おまえにも苦手なこともあったんだな……」

岩井が音斗の両肩にポンと手を置いてしみじみ言った。

「なに？　僕って苦手なことだらけだけど……どうして急にそんなこと？」

よく倒れるくらい身体が弱くて運動ができない。苦手なものだらけだ。

それはそれとして――いま音斗を見つめる岩井と、クラスメイトたちの視線は本気の同情を含んだものだった。いたましいものを見つめるような視線というか……。

「高萩くんて音痴なんだね」

ソプラノパートの女子リーダーが意を決した顔つきで指摘する。

「え？」

――僕って音痴だったの？

「ドンマイ。気にするなよ。歌なんて下手でも困ることない。ドミノは勉強できるからそれでいい」

うんうん、と強くうなずきながら岩井が言う。

「え……あの……僕……？」

「あのさあ、俺、思ったんだけど、ドミノが指揮者やればいいんじゃないかな。音程合ってなくてもリズムは合ってただろ？　指揮者は歌わなくていいから。委員長はソプラノに入ってもらってさ」

別の男子が言う。

「それだわ！　歌わないでって言うのも違うし、でも高萩くんの声がすごいから、他のみんなが負けちゃうし、つられそう。高萩くんが指揮者のほうがいいかも」

――そこまで破壊力のある音痴なの!?

音斗が自分の音痴を受け入れる前にクラスメイトたちがどんどん話を進めていく。

いままで元気よく歌ったことがなかったので知らなかった……。ショックだ。

「そういえば指揮者がかっこいいと見映えがよくて生徒投票の得票につながるって聞いたよ。指揮者の健闘で敢闘賞もらえることもあるんだって。高萩くんなら見た目もいいから指揮者いいと思う！　高萩くん、背は低いけどバランス良くてスタイルいいよね。台に乗るからチビでもいいと思う」

女子たちは誉めてるようでさらっとひどいことを言っている……。

「いいかも。それになんたってドミノは有名人だし」

「ドミノ、指揮者になれよ。ただし倒れるなよ」

「歌聞いてドミノに親しみ湧いたわ……。なんつーか、がんばれ」

男子たちも次々と音斗の背中を軽く叩く。音痴発覚の憐憫《れんびん》からの、勇気づけだ。

ズバズバ言われるすべてが親切な本音かと思うと、悲しいような、ありがたいような。

「ていうかさ、ドミノせっかくだから傘差して指揮したらよくない？　俺、テレビで見たよ。傘の上にいろんなもの転がしてぐるぐる回すやつ。正月に芸人さんがやってるああいうパフォーマンスかっこよくない？　受けると思うんだよな」

岩井が目を輝かせて提案する。

「それだ。ドミノといえば日傘！　絶対に受ける！　インパクトで敢闘賞！」

教室の後ろに置いてあった音斗の日傘を持ってきて「練習だ！」と男子みんなが騒ぎだした。岩井だけじゃなく、我も我もと傘に群がる。なかには後ろの棚に置きっぱなしだった自分の折畳み置き傘を慌てて持ちだして「よし！」と回す準備をしている男子もいる。

男たちの心はひとつ。

どうでもいいことで馬鹿みたいに笑いたい。そんな感じで空気が陽気な色に染まっていく。

「やらないよ!!」

むくれて言い返しながら、音斗はおかしくなって笑ってしまった。

あけすけなひどさも含めて、クラスのみんなが大好きだと感じた。ひどいことを面と向かってズケズケ言って、でも音斗はその言葉を「えーっ」と感じながら受け入れて笑える。

それが許されるのが友だちだった。

――みんな友だちだ。

岩井だけじゃなくてクラス全員が音斗の友だちなのだ。

胸いっぱいに歌声が留まっているようなくすぐったさがある。じわじわと心があたたかい。

「なんでだよ～。俺、あれやってみたいんだよな。ドミノ、まず消しゴム回そうぜ、消しゴム。そんで少しずつ大きいものにチャレンジしてこう。傘差して、回して！」

岩井が消しゴムを用意して投球のポーズで身構えている。

あまりにも盛り上がってしまい、

「男子！　合唱の練習して!!」

とうとう――守田が雷を落とすことになった。

結局、音斗が指揮者になって守田はソプラノパートに入った。指揮棒を渡されたが、はじめてのことなのでまだまだぎこちない。

合唱の練習が終わると、岩井とタカシがてきぱきとその後の話を詰めてくれて、音斗と守田、岩井とタカシの二チームに分かれて近所の書店に本を探しにいくことになった。

音斗は慌てて帰宅し着替え、ご飯もそこそこに「本屋さんの人に話を聞いてくるから！」とフユたちに伝えて『マジックアワー』を出る。

——夜は、いいなあ。

日傘やサングラスをしないで歩けるって、素晴らしい。守田を恥ずかしい気持ちにさせずに隣を歩けるなんて幸せだ。

守田を迎えにいって『守田電器店』の店先を外からちらっと覗き見したら、守田はすぐに音斗に気づき、マフラーを巻いて、ととととと……と、小走りに出てきてくれた。

「あの……守田さん、忙しいのに手伝ってくれてありがとう」

守田が髪を留めているトンボのピンの、透明な羽根のあたりを凝視して言う。ちゃんと顔を見たいのに、見たら顔から火が噴きそうで見られない。

――距離は近いし、ふたりきりだし、守田さんときたらオレンジ色のマフラーが似合っていて可愛いし。どうしたらいいの？

「放課後は特に忙しくないよ。私、部活とかしてないし」

「そっか。それと……合唱コンクールの練習、騒いじゃってごめん。傘回そうとしたりみんなでうるさくしちゃって……」

「ううん。あれ、むしろ助かったよ。合唱なんて練習したくないなーって感じの男子たちが、高萩くんのことでまとまって、みんなでがんばる空気になったでしょう？　私が指揮してたら、男子があそこまで熱心にならなかったと思うもん。指揮者になってくれてありがとう」

「そっか。……うん」

そういうふうに言ってくれるから――音斗は守田を好きにならずにはいられない。知れば知るだけ好きになって、守田に「かっこいい」って見直してもらいたくて必死になって――。

そこで会話が止まってしまった。

——守田さんに退屈だって思われたらどうしよう。

でもなにを話したらいいのかわからない。

——僕って中身のない男なんじゃ？　岩井くんだったら絶対に守田さんを笑わせてると思うし、タカシくんだっていろんな情報があるから守田さんの気になりそうな話題出してくるだろうし……。

考えているうちに頬《ほお》のあたりが火照ってくる。

音斗の脳内でちっちゃなハルが「つまんないって言われそう」と囁《ささや》いている。つまんないと守田に思われたくない。なにか言わなくては。

でもなにも思いつかないのだ。

無言が心地悪くて、音斗はそわそわとする。

札幌市民の耳に馴染んだ陽気な「ぽんぽこシャンゼリゼ」の歌が商店街のアーケードに流れている。いき過ぎる人の口から零れるのは異国の言葉。観光客だろうか。

夜の街並みはビーズ細工みたいにキラキラ輝いている。信号を何回か越え、地下街へと入るエスカレーターを下りていく。ガラスのドアを押し開けて地下に入ると、空気の温度がぐっと上昇する。

守田の眼鏡のレンズがぽうっと白く曇り、守田は眼鏡をはずしてハンカチできゅっと拭いてかけ直した。

ふたりでポールタウンを大通駅方面に向かって歩いていった。

ダッフルコートのポケットには書名と歌人の名を書きとめた紙。筆記用具。書店員さんに聞いて、なにか教えてもらったらメモができるように。

「私この本屋さんよく来るんだ。読みたい新刊あるか、上の階、見てきていい？」

守田がポールタウンを出て、大通公園の改札のすぐ側の地下から書店に入り、上の階への階段をうきうきした様子で上がっていく。音斗は「うん」と後ろをついていく。

真剣な顔で新刊の並んだ棚を眺める様子は、さながら「狩りをする熟練の狩人」みたいな目つきで——よほど本が好きなんだなと思う。

——これって、フユさんがパフェとかケーキ作ってるときの顔だ。本気の顔。

なにかにとても熱心な人の表情だ。ひょっとしたら授業のときより緊迫して凛々《りり》しいかもしれない。本と守田の真剣白刃取り。

守田やフユだけじゃないなと思う。

——岩井くんが野球でバッターボックスに立ってるときの顔もこうだ。タカシくんが取材って言って人の話を聞くときもこんな顔してる。ナツさんが生クリームやシャーベット泡立てるときも。それからハルさんも同じ顔してノートを抱えてたっけ。

チクリと音斗の胸が痛む。みんななにかしら真剣になることがあって、見てるだけで緊迫感や熱意が伝わってくるような熱意の対象を持ってる。

音斗には、ない。

生きているだけで——倒れないことだけに必死になって——やっと物事が「楽しい」と思いはじめたばかりで——真剣に取り組むような「なにか」を音斗はまだ持っていない。

いいなあ、と、いつもの口癖が音斗の内心でぽろりと零れる。

——夢中になれるものがあるのって、いいなあ。

音斗が退屈なのだとしたら、話の内容の問題じゃないのかもしれない。魂のすべてを注ぎ込むような、そんな「なにか」がないからだ。きっと。

でもどうやったらそこまで好きなものが見つかるの？

そりゃあ音斗は守田のことが好きだけど。人を好きになるのと物事を好きになるのは似た感じなのだろうか？

音斗が守田を好きになったときみたいに、ある日、音斗は「なにか」を見つけだすのだろうか。

視線に気づいたのか、守田がふと顔を上げ、どうしてか恥ずかしそうに笑った。そのまま手ぶらで棚を離れるから「買わないの？」と聞く。

「うん。今日は、いい。なんかね、本屋さんで本を見るの好きなの。ごめんね。探し物あるのによそ見して」

「ううん。別に」

守田が好きなら、いくらだって本を見ていてかまわない。本を見ている真顔の守田を、音斗はずっと眺めていることができるのに。さすがに照れくさくて、そんなことは直に言えない音斗だった。

そのあと守田は、広い店内のどこの書棚に短歌の本があるのかをささっと見つけ、音斗をリードしてくれた。結局、棚のなかに目当ての本は見つからず、音斗は手のあいている書店員さんにメモを見せて尋ねてみる。

「歌集ですか？」

店名の入ったエプロンをつけた女性店員が「うーん」とメモを凝視した。

「ネットで検索しても見つからなくて、だから出版社名もわからないんです。もしかしたら本屋さんの人だったら知ってるのかなって思って探しに来ました。ひょっとして自費出版の本かもしれないんですが、そういうのって本屋さんで買えますか？」

「流通している本ならば買えるはずですけど。そのメモお借りしていいですか。調べてみますね」

一旦、裏に入って調べてきてくれたけれど――戻ってきた彼女は「申し訳ございません。見つかりませんでした」と音斗にメモを戻してくれた。

「学校の宿題かなにかですか？」

音斗と守田という取り合わせと書名から推測しての質問だろう。

「学校じゃないんですが、宿題です。テストみたいなものです」

真顔で応じる音斗だった。嘘じゃない。これは祖母に課せられたテストである。

「もしこの本のことでなにかを思いだしたり、本が出てきたりしたら教えてください。僕たちこの本が見つかるまで探し続けるつもりなんです」

音斗が頭を下げてお願いすると、つられたように彼女もまた「はい」と頭を下げてくれた。

彼女の髪の毛がひゅんと揺れるのを見て「パソコンの検索は、思いだしてはくれないんだな」と思う。パソコンに対して「どこかから出てきたら教えて」とは言えない。

それから——ふたりは地下街の書店や大通公園沿いの大型書店——さらに札幌駅のステラプレイスのビルのなかの書店にもいった。どの書店でも店員さんたちは忙しそうにしていて、でも音斗たちが本の在庫を聞くと、手を止めてきちんと答えてくれる。

ステラプレイスの書店では——。

「もし自費出版本だとしたら、親戚とか友だちだけに配ってて書店に流通しないことが多いんですよ。私の親戚も詩集を作って、親族と趣味の仲間にだけ本を配ってました」

「それじゃあ、親戚でも友だちでもない人は見る機会もないですね」

やっぱり見つけるのは難しいのかなと音斗は肩を落とす。

困りきった音斗たちを見て、店員が、

「あ、でも、地域の図書館に寄贈していたような……。趣味の本だからこそ地域やサークルの図書室や図書館にあるかもしれないですよ」

とアドバイスをくれた。

「地域の図書館……ですか？　ありがとうございます」

最終的には本日の収穫はゼロで――。

でも、

「いまの書店で、地域の図書館やサークルって言っていたでしょう？」

店を出た途端、守田が言う。

「サークルなら、もしかしたら商店街のおばさんたちがそういうのやってるかも。老人会の川柳とか婦人部の短歌教室とかあった気がする。高萩くんのおばあちゃんが探してるっていうことは、おばあちゃんのおうちの近所にそういうサークルがないか探したりしたらいいのかも？」

「そうか。守田さん、すごいなあ」

　音斗は「うわあ」と目を瞬かせる。守田に頼られる男になりたいのに、音斗はいつでも守田に頼る側だ。音斗は情けない気持ちをそのまま表情に出してしまっていたらしい。守田がきゅっと首をすくめて小さく笑った。同じ年なのに、年上のお姉さんみたいな笑い方。

「高萩くん、ナツさんみたいな顔してる」

「え〜？　ナツさんみたい？」

　ナツはとてもいい人だけれど——似ていると言われるとかなり微妙だ。

「不満なの？　ナツさんうちのクラスの女子たちにもかなり人気あるんだよ。『マジックアワー』のちょっとドジで可愛い店員さんって……。中学校ではハルさん派かナツさん派で分かれてるの。いつも元気で話題豊富なハルさんと、守ってあげたいナツさん」

「ハルさん、けっこう人気あるんだ？」

「うちの中学ではね。うちのお姉ちゃんの高校ではナツさん派かフユさん派に分かれてるんだって。ハルさんはしゃべりすぎるからって敬遠されてる。ハルさんおもしろいのにね。個性的だし」

「守田さんは、どっち派？」

それを聞いた瞬間、音斗の喉がこくんと鳴った。ここはわりと重要だ。

「わたしは断然フユさんだなあ」

さらっと答えられ、心臓がぎゅうっと締めつけられたような気がした。冷たい手で握られたみたいに、トクトクと鳴って、痛い。

――フユさんかあ。

音斗からいちばん遠いところだ。

うなだれた音斗を横目で見て、守田がまた「お姉さん」みたいな顔をしてくすっと笑った。

＊

さえぎるものもなく風がピューピュー吹いている。雲が急スピードで西に動いた。

空に貼りつく星や月までもが揺らめいて風に押し流されてしまいそうな夜だった。誰もいない街角で黒マントの男が「占い」の行灯《あんどん》を掲げて座っている。広げた卓の上には古めかしい書物が載っている。黒い表紙に金の文字。男の手が本の表紙を撫《な》でる。撫でまわすことで自身の心を落ち着かせようとしているような、神経質な手つきだ。

その足もとにはもふもふした長毛猫がどでんと居座り、熱心に毛繕《けづくろ》いをしていた。男のマントも髪も風にバタバタと煽《あお》られているが、猫は男を風避《よ》けにしているおかげで平気な顔だ。

伯爵とボス猫である。

マントが風に巻き上げられて伯爵の顔が露《あら》わになる。

伯爵は背筋をのばし、じっと曲がり角を見据えている。その曲がり角を曲がって、いまにも誰かが姿を現すのではというように首を長くのばし、蒼い双眸《そうぼう》を瞬かせている。

ボス猫が「なあん」と鳴いた。

「最近……あの子どもが来ない？　そ、そんなことはどうでもいい。私が気にしているのは客が来るか来ないかだ。……客が欲しいならもっと表通りで看板を上げろ？　そなた我が遣《つか》い魔《ま》の分際でなぜ指図をするのだ。……っ、爪を研ぐな。私の足で爪を研ぐなとっ」

だんっと立ち上がった伯爵だったが「なあん？」と首を傾げて見上げたボス猫が、そのままジャンプして伯爵の懐《ふところ》に飛び込んできては――猫を抱擁せざるを得なかった。

猫は伯爵の胸元にしがみつき、ぐるぐると喉を鳴らしている。

「そなたは我が遣い魔なのだから、もっと堂々としてもらいたいものだ。そんなふうに目を細めて子猫のように喉を鳴らしてもらっては、他の猫たちに示しがつかないではないか。だいたい猫というのは高貴な一族であろう。自分たち以外のものを下僕と定め生きる、その生き方に美学を覚え私はそなたたちを盟友と認め、遣い魔に……。なっ……。話がくどい、だと？　貴様っ……」

叱責を聞き流し、猫は伯爵の胸を前足で揉《も》んだ。交互に揉みしだき「こういう仕草をされたらみんなイチコロであろう。愚民どもめ。我が可愛さにひれ伏すがよい」という目つきで伯爵を見上げる。

「くっ……」

真っ黒な丸い目。愛らしい口吻《こうふん》の形。毛は艶《あで》やかでもふもふ。そしてぐるぐると喉を鳴らす震動が腕にもじんわりと伝わってくる。あらがいがたい魅力に伯爵は猫への叱責の言葉を止める。

低い雷鳴みたいなその音は、野生ならば子猫のみが発する満足の表明だと聞いた覚えがあるが——昨今では大人になった猫たちも、しきりとぐるぐると喉声を出すようになったらしい。

満悦の表情と共に発せられるからなのか、聞いていると気持ちが和む。なにかを呼び起こすような懐かしさを持つ音に、伯爵の怒りもまあるく溶けていく。

「なに？　ここから動かないのはあの子どもを待っているんじゃないかって？　まさか！　断じて違うぞ。つまりこれは……そ、そうだ。おまえがこの地のボス猫である以上、ここから他にはいけぬであろう？　だから私は表通りにも繁華街にもいかぬのだ。私はずいぶんと遣い魔のことを思いやる良い吸血鬼だと？　なんだそれは。我を愚弄するか⁉　我は貴族だ。吸血鬼という種族には良いも悪いもない。我の在り方をそなたらの尺度で測ろうとするな！」

ふんっと鼻息を荒くし――けれど伯爵は猫の頭をゆるく撫で小声で言う。

「おまえは生きているのだな」

どうしてか、そう思ったのだ。

猫はどこもかしこも柔らかかった。本の撫で心地とは違うあたたかみと、呼吸をする度に膨らむ腹の感触が、伯爵の気持ちをひどく混乱させた。

当たり前だ。猫は生きている。それがどうした？　伯爵だとていままで生き物に触れてこなかったわけじゃない。乙女たちの生き血を吸って暮らしてきたのだから。

伯爵は猫をマントの内側にすっぽりと包み込む。懐に収まる猫の喉声が、伯爵の冷たい指先から脈打つことのない心臓まで伝わってくる。動かないはずの自分の心臓が、猫のぐるぐるに合わせてポンプみたいに震える気がした。

胸に響いた感触をどうとらえていいかわからないまま、伯爵はボス猫をきゅうっと抱きしめた。

4

合唱コンクールの練習と本探しで音斗《おと》の放課後と休日が忙しくなった。

音斗がやることになった指揮者は、楽譜が読めなくてはならないのは当然で、各パートの歌を聞いてまとめるなどいろいろと覚えることが多い。さらに見映えよく動いたほうがいいというプレッシャーまでかけられてなかなか大変だ。

岩井《いわい》はじめ男子たちが「ドミノ、もっと激しく動こう」という提案を頻繁にするのはいいとして、真面目《まじめ》な女子たちも「高萩《たかはぎ》くんの指揮でも加点してもらえるようがんばって」と期待を寄せてくるので、責任重大だ。

いつも変な形で目立っているだけじゃなく今度はみんなの前で指揮棒まで振るのか。なんとなく気恥ずかしいし、目立ちたがり屋みたいに思われてしまうのではと最初こそ思ったが——守田《もりた》に「高萩くんの指揮、いいと思う」と言われたら張り切らざるを得ない。我ながら音斗は、守田に関してだけはびっくりするくらい単純だった……。

土曜日——朝日が差しているのでフユとナツはすでに眠りについている時刻である。

ハルは今日は午前中から守田たちと本屋巡りをする予定だという音斗を見送ってから寝ると言って、だらだらとダイニング兼リビングに居座っていた。

「……でもさ、たとえばパフェ探しは食べなくちゃ味がわかんないとしても、本探しは実際にいっていろいろ聞く必要なくない？　時間ばっかりかかるのに。さては守田さんと一緒にいたいから引き延ばしてる？」

「違うよ～。こないだＣＤやＤＶＤに雑貨まで売ってるものすごく大きな書店にいってみてわかったんだけど、本屋さんに『北海道の人の出した本』コーナーがあって自費出版本もたくさん置いてあったんだよ。そこにあるかもしれないでしょ？　それに直接聞きにいったほうが、みんな親切にいろんなこと教えてくれるんだ。検索は、検索したことしか答えてくれないから……」

でもちょっとだけ——守田と一緒に行動できる時間が嬉しいのは当たってる。

からかわれるから、言わないけど。

「……僕はハルさんみたいにうまくは検索機能使えないし」

そう、つけ加えておく。そうするとハルは鼻高々で威張った。

「そそそ。検索も使い方なんだ。単純に目当てのキーワードを入れればいいっていうもんじゃないんだよ～。ま、僕ほどの検索の巧《たく》みさがない音斗くんたちには仕方ないかな～。地を這うように足で稼いでくるがよい～。いってらっしゃーい」

完全防備外出スタイルに身を包み、日傘を差して音斗の準備完了。

「いってきます」

手を振って音斗は外に出る。

待ち合わせ場所にいったら、岩井とタカシはもちろんだが――守田だけじゃなく、守田の姉もいた。守田姉は目のまわりをビッシリ真っ黒に囲む濃いめの化粧が目に焼きつく高校生である。

守田と守田姉はそれぞれに色の違うポンチョを羽織り、大きさの違うマトリョーシカみたいになって立っていた。守田姉は相変わらずゴシックロリータ仕様で黒くひらひらした出で立ちだ。守田はベージュに赤い模様が入っている素朴なポンチョである。

「曜子《ようこ》に、あんたたちがまた変なことしてるって聞いて。こうるさい男子トリオに、女子は曜子だけって、あんたたちデリカシーないよね。女の子もうひとりくらい入れてやんなさいよ。女子ひとりきりだったらトイレいきたいときとか気を遣うじゃん」

守田姉はいつも高飛車な話し方をする。でも本人に悪気はない。しかも言い方はきついけどけっこうマトモなことを言うことが多い。

「お姉ちゃん！　お姉ちゃんのほうがデリカシーない。いきなりそんなこと言わないで」

守田が真っ赤になって目をつり上げているが——言われてみれば、一理ある。守田の友だちも誘うべきだった。

ここで音斗が「ごめんなさい」と言うのはデリカシーがあるのか。それとも、ないのか。音斗には微妙に判断できかねてたじろいだが——。

「すみませんでした。でもオレたち、デリカシーはないけどリテラシーならあるっす！」

タカシがキリッとして口を出した。眼鏡《めがね》をひとさし指で持ち上げ、しゃきっと立って決めポーズでかっこよさげに言う。

「表現されたものを主体的に読み解いて理解や分析をして、あらためて表現し直すことっす」

「は？　リテ？　なにそれ？」

「じゃあ俺はデリバリーなら知ってる。ピザとか宅配してくれるやつ」

岩井も続けた。守田姉と守田が揃って首を傾げた。

「もうっ、どっちも違うよ！　どうしてみんなそうやって、ここぞっていうときに、ちょっとうまいこと言って笑わせようとするの!?」

音斗が割って入る。男子三人でいるときと同じノリだと駄目だ。なんとかしないと！

「本当に気が利かなくてごめんなさい。守田さんのお姉さん、よろしくお願いします。岩井くんもタカシくんも、守田さんがいるんだから、いつもみたいにふざけないで、しゃんとするっ」

「ドミノさん、オレは場を和ませようとしただけなんです。滑っちゃったけど」

タカシが言い、

「俺はタカシになんとなくのっかっただけ」

岩井がまったく反省してない顔で告げる。

守田と守田姉が「仕方ないな」という顔をして苦笑した。大人びて笑うふたりの表情は、姉妹だからなのか――それとも女性だからなのか、雰囲気が似ていた。

「とにかく今日は私も一緒ってことで！　今日は札幌《さっぽろ》市内あちこち遠出すんでしょ？　移動時間も考えると、とっとと出ないと帰りが遅くなっちゃうよ～。ほらほら、高萩、岩井、タカシ、いくわよ」

守田姉が率先して仕切って先頭に立って歩く。いつのまにかみんな呼び捨てで弟分みたいな扱いになっている。

守田が音斗の横で「ごめんね。お姉ちゃんに話したら、自分も参加したいって張り切っちゃって」と困った顔で笑って言った。

太陽は薄く小さく空に浮かんでいる。風が冷たく、すっかり秋だ。

そんななか、いつもの日傘にサングラスに手袋にマスクの音斗はバスや地下鉄の移動途中でかなり目立っていた。

秋の札幌はヨモギの花粉が飛来してアレルギーで困っている人も多いらしいが、ここまで重装備して秋口に出歩く人を音斗は見たことがない。さらに日差しのきつい夏ならまだしも、秋にここまで紫外線対策をしている人もいない。

音斗に馴染んだ近所の人たちから少し離れると、途端に自分の異質さが際だって目眩《めまい》がしそうになる。

しかし守田姉は集まる視線をまるで気にしていない。当たり前の顔をしてふつうに話すから、なんとなく音斗もふつうの顔につられてしまう。岩井もタカシも守田も、音斗の服装を気にしていないようなのが、心底、ありがたかった。

美《うつく》しが丘《おか》まで足を向け――。

市内にいくつか支店があるその書店は、本屋というより遊び場みたいだ。大きな駐車場が隣接し、家族連れで賑《にぎ》わっている。書物だけでなく文具や雑貨も多く取り扱っている。

五人でぞろぞろと店のなかへと入っていった。

「うわっ。可愛いものいっぱいあるね。私と曜子はちょっと離脱～。そうね、一時間後にあそこのドーナツ屋さんで集合ね！」

守田姉がそう言って、書店の脇にあるイートインもできるドーナツショップを指さした。音斗たちが返事をする暇を与えず、守田を引っ張って連れていってしまう。

「委員長の姉ちゃんて委員長よりさらにキョーレツだな」

岩井が両腕を頭の後ろで組んで、ふたりを見送った。

そこに異論はない。守田姉は個性的でマイペースだ。

「でも優しい人だよ」

一応はフォローして、男子三人チームは短歌集のある棚を探した。

「うーん。ここにもないみたいだね」

鳳凰院《ほうおういん》明彦《あきひこ》という特徴的な名前だから、あれば絶対にわかると思うのだけれど。

今度は北海道コーナーという道民著の出版物を見る。やっぱりなくて、残念な顔で視線をかわしてから——店員さんにメモを見せて尋ねた。

「三十年前っていうと、もし書店で扱っていたとしても、もう店頭にないかもしれないですね。んー……、そういえば『ブラインド・ブック・マーケット』っていう催しがあるの知ってますか？」

なんだろうそれは……と、岩井とタカシを見る。

ふたりとも聞いたことがないらしく、音斗の視線にそれぞれ軽く首を横に振った。

「札幌の地下街で期間限定で『ブラインド・ブック・マーケット』っていうのをやってます。本の交換会だと思ってくれればいいです。本を包み紙でくるんで、なかがわからないようにして、紹介文をパッケージにつけた状態で、他の本と交換するんです。本を出したら、お金じゃなく、違う本が返ってくるっていう感じかな？そこで今度、絶版本かつ北海道の作家限定の交換会っていうのをやるって聞いたような……。本の募集が二週間前からはじまってて、ニュースにもなってたはず。古い本だったらそういう会に出てくることもあるかも。確実じゃないけど、当たってみたらどうかな？」

「そんな催しがあるんですか。ありがとうございます。探していってみます」

お礼を言ったところで約束の時間になっていた。

ドーナツショップにいくと、守田姉と守田はすでに席に座っている。なぜかふたりともむっつりと黙り込んでいる。さっきまでの勢いが失せて、なんとなく暗い。

「本、見つかった？」

　ホットコーヒーを飲みながら、ちょっとだらけた姿勢で守田姉が聞いてきた。

「見つからないけどブラインド・ブック・マーケットの話を聞きました。だからそっちも当たってみようかなって」

　ブラインド・ブック・マーケットについて聞いたことを説明すると、守田と守田姉がふたりだけで通じるみたいな感じで視線を交差させてから、守田姉が話しだす。

「ふーん。あのさ、鳳凰院明彦って、うちの高校の先生にも聞いてみたけど知らないって言ってた。有名な人じゃないことは確定だね。あと、町内会の婦人部の短歌教室にも聞いてみたのよ」

「婦人部の人に聞いたのはお姉ちゃんじゃなく私だけどね」

　守田が隣で冷静に言う。

「どっちが聞いたかは関係ないって。妹の活躍は姉の活躍。姉より出来のいい妹はいないって言うでしょ？　それはそれとして――うちの町内会じゃやっぱり誰も知らなかったわ。でも」

　思わせぶりに音斗たちを見渡して、守田姉が口を開く。

「灯台もと暗し。昨日の夜、私が『マジックアワー』のお客さんに聞いたら、知ってる人がいました」

「「「え？」」」

「私もあの店の客だからね。高萩のおばあちゃんとそのお友だちズのことはよく見かけてたし、適当に話す程度には仲良くなってたんだよね～。店で会ったら挨拶したり、どのパフェが絶品かの情報交換はするよね。で、曜子に今回の本探しの話聞いてから、さっそく私は偵察にいき、高萩のおばあちゃんがトイレに立った瞬間に、こそこそっとお友だちズに聞きました。『鳳凰院明彦って知ってますか』って。そうしたら『それは言えないわ』ってみんな一斉に押し黙ったの！」

――それは言えない？

「それって……知ってるっていう意味ですよね？　知らないなら、知らないって即答するはず」

音斗が尋ねると、守田姉が「たぶん」と応じる。

音斗は話の内容的に、祖母の知りあいには聞けないでいた。自宅の書棚から突然消えたというのは、知人が勝手に持っていってしまった可能性が高い。知りあいのなかに犯人がいるような説明になってしまうし、あらぬ邪推を呼んでしまうかもと思って、ためらっていた。

――守田さんのお姉ちゃんて、こういうところすごいよなあ。スパッと聞いちゃったんだ？

「そうね。とにかく、その歌人は一般的には有名じゃないけどあんたのまわり一部では有名なのよ。昨日はそこまでで終わっちゃったんだ。高萩のおばあちゃんがトイレから戻ってきて、そしたらみんなシーンってなったの。あれは口止めされてるか、それとも言っちゃいけないなにかの理由があるかって感じだった」

「お姉ちゃん、そもそも、なんでそれ私たちが今日会った最初に言ってくれなかったの？」

守田が嘆息して言う。

「だってこの程度の情報じゃな～って。実際に本を探すのに関係ないじゃない？高萩のおばあちゃんが、なくしたから、探してって言ってきたわけでしょ？　まわりの人がなにか知ってるって当たり前じゃん。なんかのついでに伝えればいいかなって、あんたたちにつきあって書店まできたけどさ……さっき、昨日話したお友だちズのひとりが携帯に連絡してきて」

そう言う守田姉の表情は深刻そうに険しくなる。守田の顔も、姉につられたみたいに暗くなる。

「その人が、高萩さんちのみんなには内緒にしといてねって注意つきで、わざわざ教えてくれたのが、これです」

守田姉がスマホを取りだし操作する。

「電話、録音したの」

きゅっと持ち上がった唇と、自慢げに細められた目の感じが、どことなく小動物っぽい。

スマホから声が流れる。

『あれね、探すの難しいと思うわよ。たぶんもともと、せいぜい二、三冊しかない本のはず。しかも高萩さんちが持ってたもの以外は、捨てられちゃってるって聞いたわよ。持っていかれた一冊も、中古書店とかに売り払われてはいないと思うの。あの人、心情的にあれを売ったりはできないんじゃないかしら』

守田姉が「じゃあその本はいまはもう一冊しかなくて、持ち去った誰かの家のなかで眠ってるってことになるんですか？」と聞き返している。

『う〜ん。あの本が欲しくて持ち去ったってわけでもないはずよ。ちょっと特殊な本だから最後の一冊だと思うと捨てるのもしのびなくて、でも手元には置きたくないし、中古書店にも売りたくないしで……どうしたのかしらね。中古書店じゃなく、捨てなくてもすむような方法があったらそうすると思うけど……わからないわ』

守田姉はかなり食い下がったけれど、

『……ということだから、探すのは大変ってこと。高萩さんちのまわりでいろんな人に聞いてまわるのもやめたほうがいいわよ。話が広まると、高萩さんのご主人が、誰がその本の話をしたって言い出して、すごい剣幕で怒りそうだし。人に歴史ありっていうやつよ。わかる？　あ、私が電話したことも内緒にしといてね。それじゃあ』

プチッと電話が切れる。

「私もさっきそれ聞いて……。もともと数冊しかないってことはやっぱり私家版だよね。だとすると、いままで本屋さんと図書館をまわったのはみんな無駄なことだったんだなって思って……。高萩くん、ごめんね」

守田がしゅんと肩を落として言う。

——それでさっきから守田さん暗い顔をしているんだ？

「なんで謝るの？　守田さんと守田さんのお姉さんがあちこちの本屋さんと、いろんな人に聞いてくれたこと、すっごい役に立つ情報だよ。だって、その本は確実に世の中に一冊はあるってことだよね？」

音斗は、守田姉と守田の顔を見て、そう返す。

だったら探せる。

音斗はそう思ったのだ。

あまりにも手がかりがないから、ひょっとして祖母の勘違いで、そんな本は存在しないのではと思うこともあった。

けれど、幻の本というわけでないのなら——手を尽くしていたらいつか音斗にも見つけることができる。可能性の問題。ゼロパーセントじゃないって大事なことだ。

「すごく曖昧で雲を掴《つか》むような話だけど、誰の家のなかでもなくて、捨てるのもしのびなくて、でも手元には置きたくなくて、中古書店にも出回ってなくて……。それでも、とにかく札幌市内にきっと一冊はあるんだよ」

いま上げられた条件を確認しながら羅列していく。音斗の頭のなかでピコピコと思考回路が回転しはじめる。

「一冊あるなら、そのうち見つけられる気がするな〜」

岩井が言う。楽天的な岩井ならでは。でも、その通りだと音斗も思うのだ。

「たった一冊きりかもしれない希少本を探すっていい記事になる気がするっす。おもしろいっすね」

タカシも目を輝かし身を乗りだしている。

「教えてくれてありがとうございました。がんばって探します」

音斗が笑って言うと「めげない子たちだね」と守田姉が目を丸くした。

「ねー、ひとつ質問してもいいですか？」

岩井が「はいっ」と勢いよく手を挙げて言った。守田姉が「よし、岩井」と、学校の先生みたいに岩井を指さす。

「さっき委員長の姉ちゃんが『家のなかでその本が眠ってる』って、本って寝たり起きたりすんのか？　それから電話の人は、高萩さんちのみんなには内緒でって言ってたけど、ドミノがまさしく高萩さんだけど、聞いちゃっていいの？　あと高萩さんち以外の人には内緒にしなくていいのか？　なんで？」

「岩井くん、それ質問ひとつじゃないよね」

とりあえず、つっこむ。

守田姉がテーブルに頬杖《ほおづえ》をつきしみじみと岩井を見つめてつぶやく。

「岩井は馬鹿だ」

「まさか。岩井くんは馬鹿じゃないよっ。そういう言い方やめてよっ」

音斗は反射的に岩井をかばって守田姉の言葉を否定して——。

それと同時に、脳内でおもちゃみたいな音をさせてピコピコと回転していた思考に、光が灯《とも》った。音斗のなかで、断絶されたままバラバラに散りばめられていた情報が、一本の長い線となってつながっていく。

「あのね、いまの電話での話、かなり有益な情報だと思います。おばあちゃんが意図せず手放した一冊が、とにかくどこかにある。おばあちゃんのまわりの人は、たぶん、誰がその本を持っていったのかを知っている。そのうえで家には置かないで、どこかに手放すだろうって予測していて……。おばあちゃんが僕に依頼してくれたときに『一週間前になくした』って言ってたのも重要じゃないかと思う。時期も大切」

「ドミノさんが依頼受けたときの一週間前って、いまから二週間前っすよね。二週間前に絶版の本を集めだしたって、さっき店員さんが……」

「あ、なんか言ってたな！　本当についさっき、そこの店員さんが」

音斗と岩井とタカシの目がカチリと合った。

——「ブラインド・ブック・マーケット」。

ついさっき聞いたばかりのその話が、いま羅列したすべての条件にピタリと当てはまっている。

間章

『フユは節約家だな。お年玉とかもらったらすぐぽーんと使っちゃってた僕とは大違いだぁ』

耳に心地よい彼の笑い声。

雪玉みたいな男だった。雪はそのままだと柔らかいのに、集めてぎゅうっと握りしめて圧縮するとびっくりするくらい固くなる。彼はずっと昔から、柔らかいのか固いのか、なんだか読めない男だった。

だって俺には夢があるからさ。お金貯めて『隠れ里』から出ていくっていう夢がさ。

言い返したフユに彼が笑う。

『お金なんてなくても出ちゃえばきっとどうにかなるよ。あの人みたいにさ』

あの人、という言葉が胸にぐっさりと刺さる。どうせ俺はあの人に選ばれなかったよ。子どもだった俺の好意なんてバレバレだったはずなのに、あの人は俺にはなんにも言わないで遠くにポーンと旅立ってしまった。

初恋だった。気持ちを告げることすらできず、ある日、気づいたらあの人はいなくなってて。

くそっ。忘れたかった記憶を掘り起こしやがって。本当、人の傷口をこじ開けるの得意だよね、おまえは。

『初恋を〝傷〟とか言うなよ〜。それに、あの人がいなくなっちゃう前にフユから告白したら違ったかもよ？　フユは自分から動こうとしないから駄目なんだよぅ』

うるっさいな。どうせ俺はおまえに比べて度胸がない。ほっとけ。

『そんなことないよぉ。細かいことに気がつくし、みんなにこまめに気を配ってくれて。フユはすごい』

いまさら誉めてもなにもやらないよと鼻で笑った。

『いいよ。別にいらないよ。お金で買えるような欲しいもんはないし』

そう言って彼は綺麗なその顔に切なそうな笑みを浮かべる。

『僕が欲しいのは、人間になれる魔法だし』

それは禁忌だぞと、フユはハッとして周囲を見渡す。

村の年寄りに聞かれたら、怒鳴りちらされる。場合によっては村から外泊禁止令だ。こんなふうにふらふらと、あちこちの街を巡ったりできなくなるぞ。俺が口車に乗せてせっかく手に入れた自由なんだから、ここでなくしてたまるか。気をつけろよ。

『これが自由なのかなぁ。なにか足りない気がする。僕が欲しいものって、もっと違うもんなんじゃないのかな。なんかさぁ、どこにいっても、どこまでいっても、気持ちの芯のところが乾いてる気がして。朝日をたっぷり浴びて昼間に走りまわる生活をしたら、なにか変わるのかな、なんて』

おまえはいつまでもそんな夢みたいなこと言って。大人になれよ。俺たちは進化した吸血鬼なんだ。

子どもの頃からずっとそう。彼はなにもかもが雪みたい。

季節が変わったら溶けて消えちゃいそうな、とらえどころのなさ。優しげな見た目のなかにたまに垣間見える鋭い冷たさ。

彼は悪戯《いたずら》っぽくフユを見返す。

『乾いてるんだ。気持ちが……喉が……』

それ以上は――いけない。

言ってはいけない。

*

吸血鬼のねぐらは暗いものと相場が決まっている。

現代に適合進化していようとも、変わらずフユたちは日光が苦手な生き物だ。ハルや音斗のように厳重にＵＶ対策をほどこせば出歩けるタイプもいるにはいたが、フユとナツは夜にしか生きられない。

それは体質だから仕方ない。

彼らの朝は、人間たちにとっての夜だ。彼らの朝焼けは、人間たちの夕暮れだ。

いつも日暮れと共に「おはよう」とフユたちを起こしに来てくれる音斗が、今日は出かけている。もしかしたら日暮れに帰宅が間に合わないかもしれない。事前にそれは知らされているから、念のため、フユは目覚ましをセットして眠りについていた。

幼い頃からちまちまと溜め続けた小銭と札束を敷き詰めた特製千両箱のなかで薄目を開ける。タイマーをかけると、それより少しだけ早くに目覚めてしまう。そういうところが自分はきっと小心なんだろうなと思う。

フユは――吝嗇《りんしょく》で、気が小さくて、毒舌で――本当にいけすかない男なのだ。そんなことは知っている。知っているけど直さない。フユのそのすべての性格をそのままくるっと裏返して、節約家で、細かいことに気がついて、みんなに気を配ってくれて……と笑いながら誉めた男はもうフユの側にはいない。

いないのに彼はまだ、こうやってたまに夢のなかに訪れて、フユの胸をかきみだす。

千両箱のなか、枕の下には一葉の写真が隠されている。

鳴りだす前にタイマーを止め、狭く閉じた闇に包まれて写真を取りだす。寝転がって見上げる千両箱の蓋《ふた》の裏。

フユは手に取った写真を掲げ、見つめる。

写真に収まっているのは、どこまでも続く雪原の真ん中に寄り添って立つ三人の男だ。夜にフラッシュを焚いて写したせいで、三人とも目が赤い。禍々《まがまが》しいくらいに赤く輝く双眸《そうぼう》は異界の化身のようで——周囲は銀箔を貼りつめたみたいな雪で——。

ひとりはフユ。いまよりもう少し若くて、頰《ほお》のあたりがふっくらしてて、その分、中身は尖《とが》ってた。それから、直立不動で強《こわ》ばった顔をしているナツ。着ているジャケットが雪まみれなのは、途中でさんざん転びまくったから。ナツはいまも昔もあまり変わらない。

そうして——。

「アキ……」

フユは小声で彼の名前を呼んだ。

アキ……。俺はおまえのことを探していいのか？

思い出のなかの男は厄介な笑顔を浮かべるだけだった。

5

音斗《おと》たちは本屋巡りから帰ってきて——一旦『マジックアワー』に場所を移す。店でなく家側の玄関を通り、居間で作戦会議だ。昼間だからかみんな寝ていて、家のなかはがらんとしている。

「ブラインド・ブック・マーケット」の場所や時間も調べてみたら、開催は来週月曜からのようだった。それまでは交換のための本を集め、一箇所に保管しているのだと言う。

岩井《いわい》と守田《もりた》姉が「保管場所を見つけて、忍び込んで探して盗む」と言い張ったけれど、常識担当の音斗と、もともと常識的なタカシと守田が「月曜に開催ならそれまで待ってもいいんじゃないかな」とたしなめて終わった。

「月曜の放課後、合唱コンクールの練習終わってからみんなで交換会にいけばいいと思う。本が包みにくるまれて中身が見えないらしいから、探したい本があるって伝えて、中を見せてもらえるようお願いしないとだね」

守田が生真面目《きまじめ》に時間を確認して言う。

「その日、用事ある。いけないわ」

守田姉がつまらなそうに言う。

「お姉ちゃんは来なくていいし」

「曜子《ようこ》は可愛くないなー」

「可愛くなくても別にいいもん」

守田がぷうっと口を尖《とが》らせた。そういう言い方そのものが「可愛いな」と思う。

姉妹で話すとき、守田はたまにちゃんと年相応になる。

「合唱かー。委員長、真面目だよね」

「岩井くんだって真面目だよ。部活あるのに合唱の練習もちゃんと出てくれて嬉しい。うちのクラスの男子、みんな優しいよね。よそのクラスは部活優先にして合唱の放課後練習はさぼってる男子多いんだって」

「うちも、わりと合唱はスルーしてる男子多いっすね。オレは出てるっすけど」

「だってドミノが指揮するの見たいじゃん。いつか傘回してくれると思って期待してる。そういう奴多いんじゃないかな」

「えー、岩井くんの期待、そこなの？」

目を輝かせてニヤッと笑う岩井に、音斗はのけぞった。そこまで傘を回す指揮者が見たいのか!?

「合唱なのに傘回すってどういう意味よ。教えなさいよ」

「お姉ちゃんは関係ない」

「曜子は可愛くないなー」

他愛ない姉妹喧嘩がくり返され、音斗はなんだか嬉しくなって笑った。岩井やタカシもつられて笑った。

そうしてその場はお開きになって「また来週の月曜に、学校で」と手を振って、みんなが帰っていったのだった。


――すごくたくさん笑ったなあ。

守田の真面目な顔も見たけれど、笑顔も見た。おもに岩井が笑わせていて、そこが音斗の反省点だ。

──僕、ツッコミ担当の割にはうまくつっこめていなかった。でも常識はちゃんと担当できたと思うんだけど。

若干、斜め下にずれた猛省と共に、ホットミルクを作ってしみじみ飲んでいたら、ゆっくりと夜が忍び寄ってきた。秋の日暮れはとても早く、するすると、気づかないうちに夜の帳《とばり》を空に引き下ろす。

「大変。ハルさんたちを起こしてこなくちゃ」

慌《あわ》てて音斗は立ち上がり、二階への階段を上っていく。部屋に入って最初はハルの寝ている木箱の蓋《ふた》をずらす。

「ハルさんおはよう。夜だよ。夜がはじまるよ」

「ん……んん。そうか。もう夜なんだ」

いつもはバネ仕掛けみたいに起きてくるハルなのに、珍しくぐだぐだと反転し目を擦《こす》っている。ごろん、ごろんと子どものパンダみたいに木箱のなかで丸まって、なかなか起きてこない。ハルの顔の横には前に見たノートと筆記用具。

「……音斗くん。ハルは疲れてるからもうちょっと寝かせてやっていいよ」

背後からふいに声をかけられ、音斗は「わっ」と跳び上がる。

振り返ると、声の主はフユだった。

「フユさん、僕が起こすより先に起きてるなんて。どうしたの？」

こちらもこちらで珍しい。ハルは寝ている時間がもったいないような勢いで音斗の足音だけで起きてくることがあるし、フユはぎりぎりまで寝ていないと睡眠時間が無駄になるというように音斗が声をかけるまで絶対に千両箱のなかで目を閉じているのに。

「どうしたんだろうな。体調がいまいちなのかもしれない。今日は眠りが浅かった」

「え？　大丈夫？」

慌てる音斗に、木箱に横たわったままのハルがむにゃむにゃと言う。

「音斗くぅん、心配しなくていいよぅ。フユは〜年寄りだから眠りが浅いんだよ〜。老人てあんまり寝られなくなっちゃうもんなんだぁ」

「だとしたら、もういい加減年寄りな俺をもっとみんな労《いたわ》れよ」

フユはむっつりと応じ、それでもハルの木箱の蓋をずらして箱を閉じた。閉じ込められて眠るのは吸血鬼たちにとって最善の休息方法だから。

「ナツを起こすのはまかせる」

音斗の頭をくしゃりとかき混ぜ、フユは階下へと降りていく。

ナツの寝起きはいつも最悪で、起こしにいった人を巻き込んでしがみつくから厄介だった。それでもがんばってナツを寝床の箪笥《たんす》から引きずり出し――ナツが寝ぼけて階段を転げ落ちたら大変だから、その手を引いて厨房へと降りた。

フユはエプロンを身につけて本日のシャーベットの味見をしている。だいたいいつもフユは夕飯前にパフェをひとつ作って「どうぞ」と音斗に渡してくれる。食事の前にオヤツなんてみたいなことをフユは言わない。パフェとアイスは食事とは別腹なのだそうだ。

実際、人は好きなものを食べるとき、胃が拡張して別腹を作るようにできているのだとフユが前に教えてくれた。話半分で聞いていたけれど、あとで調べたら事実らしいので驚いた。

「ナツのその寝癖はなんだ。シャワー浴びてしゃきっとしてから生クリームを泡立てること！　音斗くんは試作品を食べてみてくれ。味見してもらってから夕飯作るから」

「はーい」

ちょこんと椅子に座ってフユがパフェを作るのを眺めていた。今回の新作パフェは抹茶を使うようだ。淡い緑のアイスに、小豆《あずき》と生クリーム。茹《ゆ》でた白玉団子をさっと取りだして冷水にさらし、水気を切る。テキパキと動くフユの手元で、緑と白のコントラストが綺麗な抹茶と小豆と白玉が丁寧に積み上げられていく。

指揮者としてどういうふうに動くとかっこいいのかと、手近のフユを参考にしようかと注目し――。

――ああ、やっぱりフユさんはパフェ作ってるときが一番かっこいいや。

そしてフユのその表情を見ると、羨望と切なさが、音斗の心のなかに隙間風みたいに入ってくる。どうしてなんだろう。

「僕ずっとフユさんがどうしてパフェバーを作ったのか不思議に思ってて」

なんとなく音斗は言葉を口に出した。お湯のなかで浮き上がる白玉と同じに、音斗のなかでもっちりと思考が浮いてきたからだ。

「進化した吸血鬼が牛乳を飲んで暮らすから、それで乳製品が必要で大好きっていう理屈はわかるし、夜しか活動できないから夜の店なのでお酒も扱うバーにしたのはわかるけど……パフェバーなのがわかんなくて。アイス屋さんでもいいんじゃないかなとか、フユさんそれだけどんな料理も美味《おい》しく作れるならバーでもレストランでもいいんじゃないかなとか」

　なんでパフェにこだわるのかは謎だった。

　でも——。

「フユさん、真剣白刃取りの人みたいな顔でパフェやケーキ作るから、結局、フユさんはパフェを作ることと、パフェを食べてもらうことが大好きなんだなって。だからパフェバーなんだなって思ったんだ。それで」

　音斗の目の前にパフェグラスに丁寧に盛られた美味しそうなパフェが差しだされた。

「それで？」

　フユが静かに聞き返す。

「僕にもそのくらい好きになるものできるかな。まだ僕は、やりたいことや将来の夢がなんにもないんだ」

　毎日とても楽しくて、笑って過ごしているけれど——それだけじゃそろそろ足りなくなっている。音斗はどんどん贅沢になる。

「昔は倒れなくなればいいっていうのが願いだった。毎日学校にいけたらいいなって思ってた。それが叶ったら友だちができて、駆けっこはまだ無理でも早足で歩けるようになって、水泳もできるようになって、片思いだけど好きな女の子もできて……」

いろんな冒険にフユたちや友だちと出かけている。地底人を捜し——人魚姫を捜し——いまはたった一冊しかない本を探して——。

「もう充分幸せなのにもっと楽しいことがあるような気がして、とまらない。いつも僕はなにに関しても『いっぱい、いっぱい』だったはずなんだ。限界ギリギリで倒れてた。なのに、ここでフユさんたちと過ごすようになって、気がついたら、僕のなかには思っていたよりたくさん隙間があるみたいで。ギリギリの限界じゃなくなってた。それで、まだたくさん、もっとたくさん自分の心の隙間になにかを埋め込みたいような気がして」

なにを埋めたいと決まったものがあるわけでもないのに。

「僕、昔は鳥とかハムスターとかになればよかったって思ってたことあったんだよ。

だけどもういまはこのままの僕でいいなって思ってる。他のものにはなりたくない。でもね――いまの僕のままじゃ足りない気がするの。もうちょっと違うなにかが欲しい気がして、それがなにかわかんなくて、ざわざわするんだ。おかしいかな？」

うまく説明できないな……。

合唱コンクールの歌をうたって――いまの自分には夢が足りないような気になった。他のみんなが胸に灯《とも》している熱意が、音斗にはまだ足りていない。全身全霊を込めてぶつかっていける対象がない。

音痴、ということは置いておく……。

「おかしくない。それは思春期だ」

フユが真顔でうなずいて、

「え、これが思春期？」

音斗はポカンとそう返す。

「なんだその、噂ではかねがね聞いておりましたが、これが……的な返し方は」

「だって」

まさしくそんな感じだ。噂では聞いていた思春期がこんな曖昧なものだったとは。

胸のなかがただもやもやして、少し隙間が空いているだけなのに。

「とりあえず溶ける前にパフェを食べとけ」

くいっと顎《あご》で指し示され、音斗は手にしたパフェスプーンで抹茶アイスをひとさじ掬《すく》って食べる。お茶の香りが口中に広がり、ほろ苦くて甘い。

「うん。美味しい。抹茶と小豆ってすっごく合うね。匂いも美味しい」

しばらく無言でぱくぱく食べた。白玉の食感がいいアクセントになっている。パフェを三分の二くらい食べてから、上目遣いでフユを見て尋ねる。

「……ええと、フユさんにも思春期ってあったの？」

こういうとき——フユたちとの同居はいいなと思う。両親には照れくさくてこんなこと面と向かって聞けない。

「あったさ。思春期も反抗期も通過していまはふつうに眠りの浅い年寄りだけど、俺だって、自分が子どもだったときの悔しかったことや、手持ち無沙汰だったときの気持ちは覚えてるよ」

「楽しかったことや嬉しかったことは覚えてないの？」

「もちろん覚えてる。でも俺の嬉しさや楽しさは子どものときもいまも変わらないから、あえて思い出す必要がないって感じだな。——子どものときってさ、まわりに大人がいると、その大人の物語の脇役扱いになることあるだろう？　やりたいことできなくて、不自由だった。俺はあれがわりかし、つらかった。思春期を越えて苦労していまやっと全編とおして自分の物語の主人公な気がして、嫌な現実も込みで、俺が責任取る俺の物語のなかにいるいまがいちばん楽しいと思ってる」

そこまで言って「思春期の話からちょっとズレたな。老人らしい述懐だ」とフユが笑う。

「フユさんそんなに年寄りじゃないよ。でも、そっか」

言われたことのすべてがわかったわけじゃない。けれどきっといつか「あ」と理解できる気がした。心のポケットのなかに転がしておいて、あとで思い出してこの言葉を口のなかで噛《か》みしめればいい。たぶん。

「それはそれとして、本は見つかりそうか？」

考え込んでパフェの残りをさらっていたら、フユがふわりと話題を変える。

「まだわかんない。本屋さんとか婦人会の人とかお店のお客さんたちに教えてもらって、次の月曜にブラインド・ブック・マーケットにいってみる予定なんだ」

音斗はここまでの顚末と自分たちの推理をフユに伝えた。

「月曜か」

フユが考え込む顔になった。

「どうしたの？　フユさん。なにかあった？」

「実はまた味をたしかめにいってもらいたいパフェ屋があるんだ。でも音斗くんたち忙しそうだから頼めないなと思って」

「そんなことないよ！　僕にフユさんのこと手伝わせてよ！」

話しているあいだにシャワーを浴びたナツが、バスタオルを首にかけて戻ってきた。ドアが開く音でふたりの視線がナツに向く。

ナツは躓《つまず》かないようにと気を引き締めているのか、一歩一歩がやたら慎重で、亀の歩みのようである。その足もとにポタポタと水滴が垂れている。

「ナツ。ちゃんと髪乾かして来ないと滴《しずく》が」

「す、すまない」

「なんでドライヤー使わないんだ？　風邪ひくだろう。あっちの部屋に戻って待ってろ。俺がやってやる」

「そんな。忙しいフユの手をわずらわせるわけにはいかない。俺の髪の毛くらい俺は自分でどうにかできる、はず！」

きりっと顎を引いてナツが決意するように断言する。

「できる、で止めないで『できるはず』って言ってるうちは無理なんじゃないのか。自信あるのか、ないのかどっちかはっきりしろ。おまえが風邪ひいたら俺が困るんだ。今日だってこれから生クリームやシャーベットやアイスの泡立てを全部おまえにまかせる予定なんだからな」

がみがみと叱り飛ばしてフユはナツの背中を押しながら部屋を出ていった。

そうか、これが思春期かと音斗は思う。思いながらいつもの夜を過ごし、ダイニングテーブルで学校の宿題をこなし、フユの作ってくれた夕食を食べる。

「フユさん、さっきの話だけど、本当に僕たちパフェ探しに協力するからね。どこの店か教えて。岩井くんとタカシくんの都合聞くから。明日日曜で学校休みだし」

音斗の前に置かれた小さな土鍋のなかで、くつくつとクリーム仕立てのロールキャベツが煮えている。彩りに添えられた人参は星の形だった。箸でキャベツを割って、食べる。なかのひき肉はよく捏《こ》ねられていて、ふわふわで、優しい味だ。

台所で洗い物をしていたフユが布巾でボウルを拭きながら振り返る。

「それも悪いような気がしてな。急すぎるだろう?」

いつもビシッと小気味いい音がしそうな感じで言葉をはね返してくるフユにしては珍しく、歯切れが悪い応答が返ってきた。

「そんなことないよ。悪いはずがないよ」

「その店、遠いんだよ」

「小樽《おたる》までいったし、大丈夫だよ」

「営業時間が日暮れまでで、昼のあいだじゃないといけないんだ。音斗くん最近本探しで疲れてるから倒れるかもしれない」

「ちゃんと気をつけて日傘を差してUV対策の治療用クリームも塗って、場合によっては等身大の箱にだって入るよ」

ロボット仕立てのダンボール箱をかぶって小樽まで出向いたのは、いまとなってはもういい思い出だ。岩井もタカシも嫌がらず笑いながら、箱男な音斗と並んで歩いてくれた。

フユは食器をきちきちと棚にしまってから、音斗の前の席に座る。睨《にら》みつけるようにして音斗を見ているが、それはフユのいつもの顔だ。

綺麗な銀髪が照明の明かりを弾いて光っている。首のところがのびた、だらしないスウェットにエプロン姿でも絵になるのだからたいしたものだ。

上から注ぐ明かりがフユの表情に陰影をつけ、気怠《けだる》げに見せている。

少しだけ間があった。どこかが痛むように眉間《みけん》にしわを寄せたフユの双眸《そうぼう》が、いつになく不安そうに揺らめいた。いつでも、誰に対しても保護者みたいなフユなのに、自信なさげで曖昧な、迷っている子どもみたいな顔をした。

音斗にはそれだけで充分だった。

――フユさんどうしたの？

心ごと放り投げる勢いで、言葉が音斗の唇から零《こぼ》れ落ちる。

「なんだったらもっとひどい格好をしてもいいよ。どういうスタイルがいいのか僕にはまったく思いつかないけど。ハルさんにしかきっと思いつかないんだろうけど。倒れないようにがんばるから手伝わせてよ」

「罰ゲームじゃないんだから、ひどい格好しなくてもいい。必死な顔でそんなこと言われたら、音斗くんが、いい子すぎて泣きそうだ」

唇の端で笑って、フユが静かに瞬《まばた》きをする。

一回だけうつむいて、でも顔を上げたときには音斗の見知った「大人」のフユに戻っていた。

「音斗くんは守田さんのこと好きなんだよな？」

「な……なんでそんなこといきなり聞くの？」

狼狽《うろた》える音斗に「聞きたかったから」とフユが真顔で応じる。

「好き……だよ。知ってるのにどうしてまた聞くの？　ずるいよ、フユさん。こういうの僕にだけ聞いて。フユさんもそういうこと教えてよ。好きだった人がいたとか、恋人の話とか」

顔が赤くなっている自覚がある。照れかくしにロールキャベツを口いっぱい頬張った。そのままハムスターみたいに頬を膨らませもぐもぐと無言で食べる。

返事は期待していなかった。からかわれて終了だと思ってた。

でも――。

「うーん、そうだな……。はじめて好きになった人は同じ里で暮らしてる吸血鬼だった。彼女は俺よりずっと年上で、自由な人だったよ。いろんなことを俺に教えてくれて『もっと外の世界が知りたい』って海を渡って遠くにいった。きっと海外にも自分たちみたいな吸血鬼の末裔がいるだろうって探しにいったきり行方不明」

「え……？」

「それが初恋だな。そのあと何人か人を好きになって恋人もできたり別れたり……そりゃあ相応に。大人ですから」

艶《つや》っぽい笑顔で流し目するから、なんだか気恥ずかしくなって音斗のほうがうつむいてしまった。

「う……うん」

「でもいちばん、恩に着てるのは初恋の彼女かな。いまの俺を作る手助けをしてくれた人だと思う。告白もできなかった完全な片思いだったけどね」

「行方不明って……ずっと会ってないの？」

なんと言ったらいいのか。思わず小声になる。

「彼女は音斗くんと同じに昼でも出歩ける人だったから、たぶんどこかでうまいこと暮らしてる。そう信じてる。便りがないのは、いい便り」

音斗は黙ってフユの顔を見つめる。フユもまっすぐに音斗を見た。そして、思い返すみたいな言い方で続けた。

「彼女がいなくなったとき、俺はいまの音斗くんと同じ十四歳だった。そのときの俺は音斗くんよりずっと駄目な奴で、子どもで、呆然としてショックで悲しくて泣くだけだった。それでさ、親友に『泣くくらいなら動こうよ』ってハッパかけられて——なんかわかんないままそいつとふたりで家出した」

「え？」

「音斗くんと同じ。男の子ってのは最低一度はみんな家出するもんなんだと思うな。本人にとっては重大だけど周囲にしてみたら、なんだよそれっていう程度の理由で。俺は彼女を捜すために『隠れ里』から飛び出したんだよ」

海外映画の俳優みたいな仕草で肩をすくめニッと笑った。気障《きざ》ったらしいけれど、フユにはとても似合ってた。

「俺のことなんて鼻にもかけなかろう十五歳年上の初恋相手を追いかけて、行き先もわかんないままあてもなく家出した。当然、路頭に迷うわな。なんの準備もしてないんだから。参ったよ。俺は夜しか歩けないし、どうやって過ごしていいかもわかんなかった。里しか知らなかった俺には、夜の街も昼の家のなかも、まぶしすぎたんだ。でもすごく興奮したな。違う世界があるんだって。閉じていたまぶたを、外側から無理にこじ開けられたみたいな感じに『世の中って明るくて、広い』って思った」

——すごいなあ。

音斗の家出とは大違いだ。好きな人を追いかけて家出なんて。しかもいまの音斗と同じ年で。おまけに相手は十五歳年上？

くらくらする。

「途中で熱出してぶっ倒れたりしてた。刺激が強すぎたんだろうな。そんときは、俺を引っ張ってった友だちが俺の世話焼いてくれた。あのときだけだな。俺がとことん他人の世話になったのは。寝込んで、もう駄目かなあ、死ぬかもなあって——覚悟したりしたよ。いま思えば笑っちゃうけどな。で、結局は、俺たちを捜しまわってくれてた『お母さん』が俺たちを見つけだして、木箱に詰め込まれて里に戻された。ささやかな冒険はそれにて終了」

両方の手のひらを天井に向けてパッと開き、微笑《ほほえ》む。

若き日のフユ——想像できない。でもフユにだって幼いときがあったのだ。誰にだって過去がある。

「フユさん、それ、ちっともささやかじゃない冒険だよ?」

「ツッコミありがとう」

フユがふわっと笑う。

「で——そのときに『隠れ里』で閉じこもって生きてるのはつまらないなって気づいて、たくさん学んで、周囲の大人たちを口車に乗せてたぶらかして、せっせと金を貯めるようになった。そうしていまの俺はここで店を開いてる。パフェとケーキはね、その初恋の人の好物だったんだ。特にパフェは彼女にとっては別格扱いだった。当時の里にはない食べ物だったから、彼女がどこでどうやってパフェを食べたかは知らない。でも彼女はうっとりした顔で『パフェってね、すっごく美味しいんだよ』って言ってた。それで俺は自分の手でパフェを作ってみたくなったんだ」

作ってたら、いつか彼女がうちの店に来るかもしれないだろう? 行方不明になった彼女がさ。

こそっと、つけ足すみたいにフユが言う。黒板の片隅に書いた悪戯《いたずら》書きみたいな話しぶりだった。次の瞬間には黒板消しでささっと消して、なかったことにしちゃいそうな言い方。

「自分じゃ食べられないから味を決めるのはすごく大変で、料理もパフェも、ものを食べられる友だちに山ほど試食してもらって身体《からだ》で覚えた。というわけで——これで、音斗くんにいままで何回かに分けて聞かれた俺の過去話、いっぺんに全部答えられたと思うけど、納得した？」

「納得……した。ありがとう」

音斗はこくんとうなずき、脳内で名前を何人か浮かべて消去法で聞く。

「その親友って……ハルさん？」

フユのまわりの人は、ナツとハルしか知らなくて。ナツはどんな土壇場になってもフユの世話を焼けそうにはない。ハルも違うけれど、ナツよりはまだハルの可能性が高いと思って尋ねる。

「違う。音斗くんの知らない人」

フユは、にっこりと完璧な角度に口角を上げて笑って応じた。あまりにも絶品すぎて、それ以上追及できない類の微笑だった。音斗は空気を読む子どもなのだ。柔らかい拒絶を身に纏《まと》ったフユに、さらに質問を重ねることはできなかった。

「俺にとってナツは弟でハルは飼い犬みたいな感じかな。親友じゃない」

フユは、固まった空気をぐしゃっと握りつぶすみたいにそう言った。なんだかわからないまま、またフユのペースに持っていかれてしまった。

「フユさん、ひどいよ〜。弟はまだしも飼い犬って……」

「じゃあ飼いハル。あれは俺たちとはそもそもなにかが違う生き物だ。な？」

若干、言わんとしていることが理解できるので微妙な笑い顔になる。ふたりで顔を見合わせて、笑って——そうしたらフユがすうっと息を吸い、言う。

「音斗くんたちにパフェ探しを頼む。いけるときでいいけど、できるだけ早く」

「じゃあ明日だね。岩井くんとタカシくんの部活の予定を聞いてからになるけど」

「スケジュールあわないなら先延ばししても大丈夫だからな。さっきも言ったが、ここから少し遠い店でね。北区新川《しんかわ》の札幌新道《さっぽろしんどう》沿いの店なんだ。店の名前は『さんかよう』。住所と地図はあとで紙に書いて渡す」

「さんかよう？」

耳慣れない言葉だから音斗は変な顔をしたのかもしれない。

「ああ。店の名前はひらがなで『さんかよう』。もとはたぶん花の名前だ」

フユが空中で指をひらひらと動かし「山に、荷物の荷に、葉っぱで山荷葉」と説明する。

「雨に濡れると花びらが透明になって消えちゃう花なんだ。それにちなんだ店名だと思う」

「へえ〜。そんな不思議な花があるんだ？　魔法みたい。どうしてだろう？」

フユは物知りだなと感心し、びっくりしたまま止まっていた箸を再び動かした。

はふはふとロールキャベツを食べながら聞き返す。

「白い花なんだ。白いシャツって濡れると肌に貼りついて透けて見えたりしないか？　ああいうのと同じ理由なんじゃないかと思う。朝露に濡れてガラス細工みたいになる花びらがすごく綺麗らしいよ。自分で見たわけじゃなく、聞いた話だ。朝露に濡れる光景ってのは俺には見られないからな。俺は夜露しか知らない」

フユが少しだけ傷ついてでもいるような、切ない声で答えてくれた。

その後は常と変わらない『マジックアワー』の夜を過ごした。忙しく働くナツとフユを眺め、ときどき手伝う。ハルが寝ているぶん音斗にもやることが増えて、てんてこ舞いだった。

ここのところは学校生活の報告も細切れになっていた。音斗はまだ自分が指揮者になったことをフユたちに伝えていなかったと気づく。

「あのね、今度の合唱コンクールで、僕、指揮者をするんだ。合唱コンクールって学校全部でやる行事で、下克上が狙えるんだって」

フユは店に出ていて、ナツと音斗が厨房担当だった。ナツに洗いものをさせると食器を割ってしまうことが多いため、今日は音斗が食器洗い担当だ。

せっせと泡立てをしているナツの傍《かたわ》らで、音斗はナツに報告する。

「下克上？」

「球技大会や水泳大会は学年が違うと体力や技術の差があるから、どうしても上級生が勝っちゃうでしょう？　けど合唱だけは一年生が三年生を打ち負かして優勝できる行事なんだって。優勝できるかもってなったら、クラスのみんな盛り上がっちゃって」

「すごい。音斗くんは指揮者なのか。やってみせてくれ」

ナツが感嘆して音斗に言う。

音斗は泡のついたパフェスプーンを片手に持ち、両手をのばして振ってみる。音痴って言われたから歌えなくて、パフォーマンスだけ。

「リズムが大切なんだ。あと歌ってるみんなに伝わるように手を動かさないとならないんだよ。最初は慣れなくてどうしてもちっちゃい動きになっててね、そうしたらピアノの女子に『高萩《たかはぎ》くん、もっと身体全部で歌うように指揮して』って怒られて……。あの……ね、変じゃないかな？」

ゆらーり、ぐらーりと身体を揺らし、腕をくるっと内側に巻いたり、右手と左手で別な動きをしたり難しい。

女子たちに——誰より守田に「高萩くんには期待してるから」とキラキラとした顔で言われてしまったので、張り切らざるを得ない。

「こんなふうに……。曲は『翼をください』で」

音斗の指揮ぶりに目を丸くしたナツが「知ってる。それはこういう歌だ」と歌いだした。最初は鼻歌程度だった。けれどナツはなにをするのもがんばってしまうのだ。音斗の大仰な指揮に合わせるように、ナツの声量が上がっていく。

朗朗と——高らかに——いまにも空へ飛び立たんとするがごとく——。

とても艶のある、よくのびる声が厨房のドアをすり抜けて『マジックアワー』に響き渡る。最終的にナツと音斗は、フユに「店まで聞こえる音量でオペラ歌手みたいに歌うな！　迷惑だ！」と叱りつけられたのだった。

6

翌日だ。

緊急の電話で岩井《いわい》とタカシの予定を聞いて――岩井の部活が終わった時間に待ち合わせて三人で北区新川《しんかわ》まで足をのばすことになった。

――僕、背が低いのがコンプレックスなんだけど、これで長身だったら不審者すぎて泣けるかも……。

ちらちらとみんなが寄越す視線を、昨今身につけた鉄面皮でかわしつつぼんやりと思う。育つのが少し不安だ……。このスタイルでの外出を続けていると大人になったら音斗《おと》は通報されかねないのでは？　伯爵のことを笑えない……。

思春期の悩みとかそういうレベルではない不安が頭をもたげるが、とりあえずそれは心の片隅に追いやる音斗だった。

「正直、オレは味は忘れちゃってるかもしれないっす。デジカメに見本のパフェの画像入ってるけど、画像じゃ味はわかんないっすから」

タカシはデジカメのデータとにらめっこしている。

「俺は覚えてるよ。フォークボールみたいに、ふわっとした、牛乳だけの真っ白なホワイトパフェだろ？　あれと同じのまた食べられるなら楽しみだな〜。でもついでだからフユさんにもう一回見本食わせてって頼めばよかった。忘れたふりして言ったら作ってくれたかな」

岩井が味を思い返したのか、うっとりと幸福そうにそう言った。

「忘れたって言わなくても頼んだら作ってくれると思うよ。いまフユさんは季節デザートに力入れてるから梨とか栗とかを試作品で出してくれるけど、次はホワイトパフェにしてねって言ってみるね」

「やったー。ドミノんちって天国だよな〜」

「そうっすねー。合唱コンクール終わったら次のテストだから、そろそろ岩井っちと一緒に勉強会しといたほうがいいと思うし」

「タカシ、いま俺はおまえのせいで天国から現実に引き戻された」

一気にどんよりと暗い顔になった岩井に、タカシと音斗は笑い声をあげた。

そうやってくだらないことを話しながらバスに乗った。いちばん後ろの座席に三人で並んで座る。北二十四条通りを抜けて曲がると川が流れている。あれが新川だろう。川沿いをずっと走り、札幌新道《さっぽろしんどう》の側《そば》の停留所で降りる。

そこから少し徒歩だ。音斗はくるくると日傘を回しながら、視線を落とす。鼻からずり落ちたサングラスの端っこから覗くと、音斗たち三人の影がアスファルトの上に切り絵みたいに映っている。寄り添って歩く影の仲良しぶりが妙にくすぐったい。

「さんかようって雨に濡れると透明になる花なんだって」

フユに教えてもらったことを伝えるとタカシは「気になりますね」と眼鏡《めがね》をくいっと持ち上げ、岩井は「一回見てみたいよなー、それ」と目を丸くした。

「うん。見てみたいよね」

——見てみたいものがたくさんある。

もし叶うなら、岩井やタカシたちと一緒に、たくさんのものを見られたらいいなと思う。足もとからのびた影みたいにはっきりと、音斗の心にその願いが浮き上がる。

世界は広いと感じたかつてのフユと、自分たちはいま同じ年で——世の中はまぶしいばかりに輝いて、友だちがすぐ隣を歩いていて——。

永遠にこの毎日が続けばいいのにと思う気持ちと共に——きっともっとずっと楽しい明日があるに違いないという楽天的な思いが浮かび——。

つまり音斗は、いま、幸福だった。

くらくらと目の前で光がハレーションを起こすくらいに幸福だったのだ。

札幌新道と新川とが交差する道を右折して、てくてくと住宅街へと入っていく。大きなショッピングセンター、ファストフードの店と銀行の支店、病院と薬局などが並ぶ通りからさらにうねうねと細い道を曲がって——。

パッと見て、そこが店だとはわからなかった。地図を頼りに、三回くらい付近をうろついた。

「……住所としてはここなんすよね」

「んー、なあ、あれじゃね？　どう見てもふつうの家だけど、門についてる表札に『さんかよう』って書いてある」

岩井が一軒の家を指さす。

低めの塀に囲まれた、真四角な家だった。スクエア形の大小のケーキを積み重ねたみたいな家屋。門かぶりの松が見事で、目に鮮やかな真っ赤な色の紅葉の木が庭を彩っている。

そしてその家屋には窓がなかった。コンクリとセラミック煉瓦で覆われた壁だけがズドンとまっすぐに建っている。

さすがにこれは……とたじろいだ音斗とタカシだが、岩井は例によって、

「ここだって。ここ、ここ」

と先頭を切って門をくぐり抜けて玄関に突き進んだ。

玄関は——言われてみたら一般家庭というより店っぽいかもしれない。暗い色をした木製の巨大な引き戸だった。そこだけ見ると、古い蔵の入り口みたいだ。

「岩井っち、待って」

「ほらほら、玄関にはちゃんと看板かかってる。えーっと、『喫茶　さんかよう午前十一時から日暮れまで営業中』だって。入ろうぜ」

岩井はためらいなく、さくっとドアを開けた。タカシが「岩井っちだからなあ」と後をついていく。音斗もその後ろに倣《なら》う。

入った途端――薄い闇が音斗の身を包んだ。音斗にとっては快適な暗がりだ。

背後でどすんと重たい戸が閉まる。

「いらっしゃいませ」

奥からスタスタと歩いてきた店員の女性の涼やかな声に、日傘を畳んで視線を向けた。

綺麗というより、可愛い系に分類されるのだろう。ショートボブの髪がとても似合っている。音斗たちより年上だけれど、たぶんまだ若い女性。大人と子どもの中間みたいに見える。

昼なのに暗い室内。店員の白い顔や手足がふわっと浮かび上がる。

「三名さまですか？」

「はい」

「では、あちらの席にどうぞ」

アンティークものとおぼしき猫足のテーブルやソファがゆったりと配置されている。四人掛けの席が四つとふたり掛けがふたつ。あとは奥のほうにカウンター席。

四人掛けの席に案内され、音斗たちは椅子に座った。ふかあっと身体《からだ》が沈む布張りのソファだった。これは居心地がよすぎて、長居したら寝てしまいそうだ。

「うわあ」

岩井が座った途端、声をあげる。

「沈んだまま二度と浮かび上がれないんじゃって思うくらい尻が沈んだ。なんだこれ。柔らかすぎだろ」

孔雀の羽根みたいな模様の壁紙に、リノリウムの白い床。アンバランスなのに、そのごたつく雰囲気が絶妙で「懐かしい」と思わせるのはさじ加減のセンスなのだろうか。

黄色みを帯びた淡い色の照明がすべてのものに淡い影を落とす。

壁際のあちこちに置かれた間接照明はガラス細工の花の形だ。見たことはないけれど、教えてもらった「雨に濡れたら花びらが透明になる花」を模したものなのかもしれない。

「こちらメニューです。ご注文お決まりになりましたら、声をかけてください」

ウェイトレスが告げ、水とメニューを置いていく。ミニのフレアスカートの下からすらりとのびた足。足首のまわりにストラップを巻いたヒールのある靴。

「大人だけど可愛いっていうか。アイドルみたいな人っすね」

「そうかも」

別にふつうに話していいのに、なんだかひそひそ声になってしまう雰囲気の店だ。

しかし岩井だけは空気に呑まれず、さっそくメニューを開き「どれも美味《おい》しそうだ。やばい」と頭を抱えている。

「ホワイトパフェ食べなきゃってわかってんのに、こっちの柿パフェも気になりすぎる」

「オレも柿気になるっす。けどやっぱりホワイトパフェ食べて確認しなくちゃっすよね」

「じゃあ柿パフェも追加して食べようよ。三人でひとつ頼んで、等分にしない？

フユさんからお金もらってきてるし……うん、足りるみたい」

財布の中身を確認して言うと、

「マジで？　よしっ」

岩井がぐっと拳を握りしめメニューをパタリと閉じた。

注文したパフェがテーブルに並ぶ。ホワイトパフェは飾りにミントの葉。柿パフェはフルーツシャーベットと柿そのもので勝負してくるシンプルなものだ。

店員は、タカシが傍《かたわ》らに置いていたデジカメに視線を走らせ「お客様、申し訳ございません。うちは写真撮影はご遠慮いただいているんです」と穏やかにひと言添える。

「すみません。中学校の学校新聞なんですけど、駄目でしょうか？」

「当店はすべての取材をお断りしています」

愛らしい笑顔で武装した、とりつくしまのない四角ばった返事が戻ってきた。

「わかりました」

タカシは鞄《かばん》にデジカメを戻し残念そうな顔になる。禁止されているのにこっそり撮ってくるようなことは、やめようと事前に話しあっていた。もし途中で喧嘩沙汰になっては、依頼したフユたちにも迷惑がかかる。

あらためてテーブルの上のパフェを三人でじっくり眺める。

「ここ暗すぎていまいち見た目はわかんないっすね。色とか」

「うん。食べちゃったほうが早い。いっただっきまーす!!」

岩井がいちばんに手をつける。ひと口食べて「ん……」と目を瞬《しばたた》かせる。そのまま無言でバクバク食べはじめたから――これは相当美味しいようだ。

音斗も慌《あわ》ててパフェスプーンを持ち、ぱくりと頬張《ほおば》った。

口のなかがキンと冷えて――牛乳の濃厚な味わいがじゅわっと舌と頬の裏側で溶けていって――。

「これ……すっごく美味しい。どうしよう」

次々、食べてしまいたい味だった。溶けてなくなってしまうから、どんどん口に詰め込みたくなる。甘さも香りもほどよくて、マイルドなのに後を引く。

「やばい。やばいやばいやばい。ドミノ、これ……この味、フユさんが作ってくれたのにそっくりだ。食べると溶けてくフォークボールだ」

「空気感が多い、溶けてく食感っすね。すっごくエアリーで舌触りが細やか。シンプルなのに味わい深いミルキーなホワイトパフェっす」

三人は顔を見合わせて小声で、

「「「これだ」」」

とうなずいた。

味をたしかめながら食べたいけれど、美味しさのあまりあっというまに平らげてしまう。そのあとに分けあって食べた柿パフェは、こちらも柿の果肉をたっぷり使ったシャーベットが絶妙だった。

空になった四つのパフェグラスを見つめタカシが呻吟《しんぎん》する。

「写真撮れないのつらいっすね。見た目も伝えたいのに」

パフェの見た目や店の雰囲気などは、自分たちが口頭でフユたちに伝えるしかない。

メニューをぱらぱらと捲《めく》り、パフェの種類を記憶していく。写真に撮れないから覚えられるだけ覚えておかなくては。メニュー表には写真はなく、手書きの飾り文字と値段だけがずらずらと並んでいる。

ホワイトパフェ。果物たっぷりのフルーツパフェ。季節限定パフェは柿と梨。チーズケーキ。ショートケーキ。チョコレートケーキ。カフェオレ。ミルク。チャイ。

早く『マジックアワー』に戻って報告したくなった。同じ味のパフェがとうとう見つかったよと。

すぐ帰ってもフユたちはまだ寝ているというのに、そわそわしてしまってたまらない。岩井も同じ気持ちなのか、食べ終わった途端「いこうぜ」と立ち上がろうとする。

「岩井っち。ちょっと待って。オレ、トイレいってくるっす」

タカシがするっと席を立ち、店の奥へと歩いていく。

「タカシくん、トイレはそっちじゃないよ」

見当違いの方向に歩いていくタカシに、音斗も後を追いかけた。タカシはカウンター席のある店奥までうろうろとさまよって――音斗に引き留められ「ドミノさん、すみません」と頭をかいた。

そうしてからタカシが音斗の背中をトントンと指でつつく。

「え？」

音斗はタカシを見て、それからその視線の先を追いかける。タカシはカウンターの向こう側をじっと見ている。

「あ……」

カウンターの内側に立っているのは、二十代後半のひとりの青年だ。金髪のゆるい巻き毛はどことなくライオンの鬣《たてがみ》を思わせる形で跳ねている。うつむいて作業する横顔は、彫りが深く完璧に整っている。

音斗たちに凝視されていることに気づいたのか、男がゆっくりと顔を上げた。

——ナッさんに似てる。

パッと見の印象はそれだった。たぶん髪型と髪色のせいだろう。でもよく見ると、身に纏《まと》う空気感はナッとはまったく逆ベクトルだ。長身だけれど、手も足もなにもかもが細くて頼りない。ゆるく斜めに立っている姿はどこか植物的で、首までもがなんとなく斜めに傾いで、誰かにぽきりと摘み取られそうな危うさが目を惹《ひ》いた。

明け方に見る夢みたいに、目の前でするっと形をなくしてしまいそうな人だった。

それなのに、目が合った刹那に口元に浮かんだ微笑は挑戦的で——見た人の心にがっしりとイメージの根を張る強さがあった。

男はゆるやかに手を上げて「お客様、お手洗いはあちらです」と音斗たちが来た方向を指し示す。

「すみません。ありがとうございます」

音斗は頭を下げ、タカシと一緒に店のトイレへと向かった。

そのあと、レジでお金を払っているとき、タカシが店員の女性に、ちょっとテンパリ気味に早口で、真顔で聞いた。

「パフェじゃなくお姉さんを撮らせてもらうのも駄目っすか？」

「わたしの？」

「その……綺麗な人だなと思って。芸能人とかアイドルみたいで……。すみませんっ」

言い終えた瞬間、タカシの顔が見る見る照れくさそうに赤くなる。

「ごめんなさい。そういうお申し出は事務所をとおしてくださいね」

少しだけ間を置いて、彼女がそう返した。すっと顎《あご》を持ち上げて澄まして言ってから、

「なんてね。綺麗な人、いただきました。お世辞でも嬉しい。ありがとうございます。でも店内だけじゃなく店員の撮影もご遠慮いただいています。うちの方針なのでごめんなさいね」

にこやかに笑って釣り銭とレシートを返してくれた。

店を出て日傘を差す。陽光が音斗の肌をチリチリと刺す。

窓のない穴蔵みたいな店――と、門を抜け、音斗は後ろを振り返る。

――さんかよう。

外に出たら、そのまま跡形もなく消えてなくなりそうな不思議な場所だった。

馴染みのない奇妙な店名だと思ったのに、店を知ったあとではしっくりとくる。

なにかのきっかけで、透明に溶けてなくなりそうな店だ。

岩井がタカシの肩をバシバシ叩いている。

「おお。なんかタカシにもとうとう恋が？　ひと目惚れか？　運命の恋か!?　俺のときに協力してもらってっから、俺もタカシのためにできるだけのことするよ。なんでも言えよ。相談のるし！」

「そういうんじゃなくふつうにあの人可愛いじゃないっすか」

タカシはクールに眼鏡を直すが、耳がちょっと赤くなっている。

「タカシも年上好きなんだな。おんなじ、おんなじ。年の差があっても、好きになっちゃうなら仕方ないんだよ。年齢は追いつくことないけど、それでも大人になったらいつかチャンスだって巡ってくっかもしれないし！　俺はまだあきらめてないからな！　タカシもあきらめるな！」

「だからそういうんじゃないっす。可愛い人だなーって思ったけど、そういうんじゃなくて……。前にパフェ屋巡りしたときフユさんとナツさんが店員さんのことも聞いてきたじゃないすか。それで店員さんの写真あったらいいのかなって思って」

「照れるなよ〜。友だちだろ」

「だから岩井っち、照れてるわけじゃないっすから。それより、店員さんのチェックしとこうって、奥のカウンターにもうひとりの人見にいったら……ドミノさんも見たっすよね？」

と、タカシが音斗に話を振った。

「あの人、ハルさんやナツさんに似てたっすよね。金髪で碧の目で……イケメンで……」

「うん。似てるけど……似てない」

音斗は考え込んで、そう応える。

「そうっすか？　似てなかったっすか？」

タカシが意外そうな顔になる。

「似てるけど似てないってどういうことだ？」

岩井もきょとんとして聞き返す。

「うーん。なんだろう……ただ……あの人はツッコミのいらなさそうな人だったから」

なにもないところで転んだりしなさそうだ。小銭を集めて踊らなそうだ。なんでもかんでもしゃべってしまう饒舌《じょうぜつ》さもなさそうだ。

岩井が「ていうかさ」と真顔になる。

「年上のイケメンはみんな同じ顔をしてる。特に金髪のイケメンは俺には見分けがつかない。テレビで洋画見てると、この人、こないだも出てたなーっていつも思うわけ。だからタカシの言うことわかる。見てないけど、絶対にドミノんちの兄ちゃんたちに似てたんだろうなと思う」

「それは……」

「通りすがりのイケメンは俺にとってはみんな似てる。というわけで、たいていのイケメンはドミノんちの兄ちゃんたちに似てる」

「岩井っちは、そういうとこが、おおざっぱすぎる……」

タカシが困惑した顔で空を仰いだ。


意気揚々と『マジックアワー』に辿《たど》りつく。みんなが起きてくる時間まで待っているあいだ授業の復習をしたり、指揮の練習をしたりして笑って過ごした。

最初に起きてきたのはハルで、

「おじゃましてまーす」

岩井とタカシが挨拶をすると、

「いらっしゃーい。寒いよね、今日。きみたち遠慮しないで、なんか生あたたかいもんでも飲みなよ」

「やだよっ。あたたかいもの勧めてよ。生は余計だよっ」

そこは間髪入れずつっこむ音斗だった。生あたたかいものってなんですか。

ちょうど喉も渇いていた。ハルの返事を待たずみんなのために牛乳たっぷりめでココアを作ろうと台所に立つ。ここに来るまでは家事なんてなにもできなかったのに、いまは飲み物の用意くらいなら自信を持ってできるようになった。

「……それでドミノに傘回し勧めてるんだ。けど思ったように回らないで落ちちゃうし、ドミノがその気になってくんないんだよ」

岩井がハルに訴えている。

「僕だったら回すね！　なんせ僕は天才なので傘回しの練習などしなくても傘に装置を取りつけてボールくらいなら回せちゃうね」

「ハルさん、すっげーっすね。装置っすか」

――なんかまた三人で盛り上がってるなあ。

ココアを置いてから、窓の外の空が暗くなっているのを確認し、フユとナツを起こしにいく音斗だった。階段をのぼりふたりに声をかける。フユが起きるのが早いのはいつも通りだ。

「フユさん、今日いったパフェ屋さんはアタリだったよ。みんなの意見が一致した。岩井くんもフユさんのと同じ味のホワイトパフェだって……」

フユがハッと息を呑む。

「本当か？」

「うん。でも写真禁止だったからパフェの写真も店員さんの写真も撮れなかった。ごめんね」

話しながらナツの寝ている民芸簞笥《だんす》を開けたら――。

「ナツさん、どうして起きてるの？」

ぼやーんとした顔だったがナツは目を開けていた。体育座りで簞笥のなかでじっとこっちを眺めている。なんで体育座りなんだ……。

「す、すまない。起きていて。なんだか変な胸騒ぎがして眠れなかったんだ」

「いや、声かける前に起きててくれてよかったよ。謝らないでよ～。でも身体大丈夫？　胸騒ぎって、どうしたの？　どこか痛くて眠れなかったとか、具合が悪かったとかじゃないよね？」

「音斗くんはいつも優しい」

ナツはいつものように音斗の腕を引っ張ってぎゅうっと抱擁し「音斗くん、いい子」と頭をわしわしと撫《な》でてくれる。寝ぼけていても起きていても行動は同じだった。

「わっ。やめてよ～ナッツさん。あのね、フユさんにも言ったけど今日いったパフェ屋さんは、フユさんたちが探してたのと同じ味だったよ。それでね……」

音斗を抱きしめていたナツの手の力がさらに強くなる。

「ナツさん……きついよ……って、どうしたの？」

ナツの目に涙がじわっと盛り上がっていく。震える声でナツが問う。

「音斗くん、それは本当か？　本当に同じパフェの味だった？」

「本当だよ」

「店員は……店員はどんな人だった？　こ、転んだりしないでちゃんとやっている人か？」

「転んでなかったよ。かっこいい人だった。すごく……」

非の打ち所のない、かっこいい男性と、可愛い女性だった。フユやナツに似ているようで、ちっとも似ていなかった。

音斗はナツの涙におろおろしながら、そう応じる。

「あのね、フユさん、ナツさん。ひょっとしてってずっと考えてるんだ。フユさんたちが同じ味のパフェを探してた理由。『さんかよう』の店の人たちってもしかして……」

「ごめん。音斗くん。そこはまだ言えない」

音斗が問いかける前にフユが音斗の言葉を遮断する。

「話してもいいくらい整理がついたら音斗くんにも伝える。でもまだ詳しい話は待ってくれ」

フユが厳しい双眸《そうぼう》をして言うから「うん」と音斗はうなずいた。


そのあとはフユが作ってくれたホワイトパフェをみんなで食べた。岩井が「そうそう。この味だった。ふわっとして、ストンと落ちて、ンマーイ!!」とご機嫌で語る。

「写真は撮れなかったんだな。でも金髪で、俺たちに似た容貌の男が店のなかにいた、と。女の子は可愛かったわけね。二十歳くらいの子かな？　黒髪だったんだ」

「そうっすね。黒髪でショートボブで、若かったっす。顔だけじゃなく手にもシミがなかったから」

「お、タカシくんわかってらっしゃるー。そそそ。女の子って顔は化粧するから肌年齢わかんなくても手は素肌のこと多いし、手で年齢わかるよね～」

――タカシくん、すごい。

そんなところまで見ていたとはと驚く音斗だ。

「そして店内は窓がなくて暗い。営業時間は日暮れまで。なるほどな。みんなありがとう」

フユが深くうなずいた。

ナツは青ざめた顔で「日暮れまでなんて……夜じゃないと俺はいけない」と唇を嚙《か》みしめている。

――どうしてフユさんたちがこのパフェと同じ味のパフェを探してたのか、少しだけわかった気がするよ。フユさんたちが説明してくれるまではっきりとは断言できないけど。

岩井やタカシの前では口にできない。

――あの店の人たちも進化した吸血鬼なの？

パフェバー開店の理由や、恋人とのことをまるっと話してくれたみたいに、この先『さんかよう』の人たちのことをきっとフユは音斗に伝えてくれるだろう。春がきたら花が咲くみたいに——冬になったら雪が降るみたいに——たぶんフユにとって話していい時期に到達したら、音斗にちゃんと伝えてくれる。

そう思うからいまは黙っていることにした。

7

「今日はここまでです。私たちすごくうまくなってると思う。コンクールで『下克上』目指したいから最後までがんばりましょう」

月曜、放課後――守田《もりた》の挨拶で合唱コンクールの練習が終わった。

一旦、家に帰ってからあらためて「ブラインド・ブック・マーケット」にいこうと決めて、音斗《おと》と岩井《いわい》とタカシは帰路につく。

「委員長おっかないけど、ドミノが好きっていう気持ち、ちょっとだけわかってきた」

馬鹿話の合間に岩井がふっと口に出す。

「え、岩井くん。それってどういう……？」

「俺、ちゃんと勝とうとしてる人好きなんだ。全力でがんばってる人。委員長がなんであんなに合唱コンクールに力入れてっかわかんないけど、あそこまで真剣なら下克上したいなーって思ってきた」

「うん。守田さんは合唱コンクールだけじゃなくいろんなことに真面目《まじめ》だよ。守田さんはね、いつもがんばってるんだ」

まっすぐで、努力家で、家の手伝いや町内会活動までやり遂げて、ときどきすごくしたたかな顔をして見せて音斗を驚かせ——でもふいうちでポロッとちっちゃな女の子みたいに泣いたり笑ったり照れたりする。

岩井が守田を誉める言葉に、自分が誉められたみたいに嬉しくなる。

「だからドミノ、もっと指揮者目立ったほうがいいって」

「またその話になるの？」

「だって俺さ、リトルリーグ時代、野球で負けたとき泣いたぜ。努力したからこそ、悔しくて悲しくて我慢できなくて泣いたんだ。委員長今回すっごい気合いはいってるし、入賞できなかったら心が折れるんじゃないかなって。……好きな子のこと、そういうふうに泣かせたくないだろ。ドミノ、ここで男見せないと」

眉間《みけん》にしわを寄せ、きりっとして言う。

音斗の心を揺さぶる感じで本気のストレートを大振りで投げてきた。「うわあ」

と声が出る。

——岩井くんのこういうとこ、絶対勝てる気がしないなあ。

「岩井っちって、どうして突然かっこいいこと言うんすかね」

「は？　タカシなに言ってんの」

岩井が「解《げ》せぬ」というように鼻の頭にしわを刻む。言ってる本人はまったく無自覚なのだ。

「そうなの？　僕、ここで男気っていうの見せるべきなのかなあ」

指揮者として全校生徒の前でフリルつき日傘で華麗に傘回しをして!?

脳内で想像し、再び「うわあ」と口にして頭を抱える。守田のためになるならがんばりたいが、なにかが違う気がしないでもない……。

でも——それで入賞に近づくのなら……。

「あーあ。ドミノさんと岩井っちのクラス、いーっすねー。うちのクラスはそんな盛り上がりないっすよ。歌えばいいんでしょ歌えばみたいな。オレも盛り上がってみたいなー。クラス違うのつまんないっすよー」

ちょっとだけ拗《す》ねた口調でタカシが言う。

「はっ……。そうだ。タカシはうちのクラスのライバルだ。敵に砂糖を送ってるってやつ？　俺、けっこうドミノと合唱コンクールの作戦話してたよな。やべー。スパイされてるかも。ナシだ、ナシ。いまの話はなかったことに。タカシは聞いてない。いいな？」

「岩井くん、砂糖を送ってどうするの」

「塩っす。塩」

「あれ？　でも塩もらっても仕方ないだろ。砂糖のほうが嬉しいだろ。甘いし」

「岩井っちー」

きょとんとする岩井にポカンとするタカシ。それぞれの顔を見たらおかしくなって笑いがこみあげてくる。音斗が笑うと、結局げらげらと全員が笑いだしそれで話はまた次の話題に飛ぶのだった。

その後、四人で待ち合わせて地下街を歩く。

「ブラインド・ブック・マーケット」は大通《おおどおり》駅からさっぽろ駅へと続く地下道の

途中の広場で開催されていた。

　夜の移動はサングラスやマスクなしですむので気持ちがいい。待ち合わせた場所で集まると、すぐに守田が鞄《かばん》から単行本を取りだして、言った。

「ブラインド・ブック・マーケットって、交換しないと本をもらえないんだって。しかも北海道の人が書いたもの限定ってハードル高くて、探すの苦労した。お客さんの知りあいの大学の教授がずっと前に出したっていう郷土史の本をやっと譲ってもらってきたんだ。みんなは？」

　守田が手にしているのは『私説・松浦武四郎』という単行本だった。

「俺、教科書くらいしかなくて」

　岩井の手にしている教科書を見て、守田は「それは却下」と呆れた感じでつぶやいた。

「オレも北海道の人限定でしかも絶版っていうの、うちにはなかったっす。すみません」

　タカシは手ぶらだ。

「ハルさんが出したハルさんの写真集を持たされたんだけど……。このためにハルさんが突発的に製本してくれたんで、許されるかどうかわかんない……」

音斗もおずおずと取りだす。オールカラーすべて撮り下ろしのハルの写真集。世界にただひとつだけだ。価値があるのか、ないのか、わからない。

「うーん。まあ、私の一冊があれば大丈夫よね？」

しっかり者の守田に「すみません」と男子三人が並んで謝罪した。

——まずい。僕は今回、常識も担当できてない。

しょんぼりと肩を落として地下道を歩く。気をきかせてくれているのか岩井とタカシがふたりで少し先を歩いてくれる。自然と音斗は守田とふたりで歩くことになった。

「本の用意も守田さん頼りで、ごめんなさい。ありがとう」

しゅんとして言うと「たまたま私は本が好きだったから、探せただけだよ。お姉ちゃんのこと捜してたときは私はなんにもできなかったもん」と守田が返す。

優しくされるとよけいに落ち込む。

しばらく無言で歩いていた。右手にオーロラタウンの入り口を見ながら北方向へ直進する。たくさんの人が歩いている。気温や天候に左右されずに歩けるこの地下道ができたせいで地上の人の流れも変化したと聞いた。

「高萩《たかはぎ》くん、指揮するの上手くなってるね」

「あ……、うん。練習してるんだ。楽譜見て、うちで」

――うわ。がんばってますっていう告白、ちょっと恥ずかしいかも。

言った途端、かっと頰《ほお》が火照った。

「やっぱり？　高萩くんてなんでも真面目《まじめ》にがんばるよね。すごいなって思ってる。それにもともとリズム感とかいいんだね。楽譜もちゃんと読めてるし」

守田がにっこりと笑って音斗を見たから、足もとがすくわれそうになる。笑顔の可愛らしさに躓《つまず》いて転びそう。そんなふうに守田が近くで笑ってくれるなら、いくらでも努力できる。

「守田さん、合唱コンクールで入賞したい？」

「うん。だって私あんまり運動得意じゃないし、球技大会で一年生が入賞するの難しいし、他の行事じゃ貢献できそうもないから。高萩くんとか岩井くんが盛り上がってくれてるおかげでクラスがいい雰囲気で、合唱なら下克上できるのかもって期待してるの」

「そっか」

「クラスが一位になったらさ、お父さんとお母さんにその話できるしね。うちの親、最近ずっと『なにか景気がいい話ないかね』ってばっかり言うから。あとお姉ちゃんに言い返せるから。『委員長なんて自分が忙しいだけで、なんの役にも立たない貧乏くじの仕事を引き受けて』って、お姉ちゃんに鼻で笑われたんだよね。……そういうんじゃないんだって。貧乏くじな仕事とか役割なんてなくて、自分ががんばったら楽しいし、結果が出るっていうこと……言いたい」

守田の姉と守田のやり取りが目に浮かぶようだ。

わかった、と音斗は思う。

守田が入賞を狙うなら、音斗も目指す。見せてみよう。音斗の男気。

決意が心のなかで石みたいに固くなっていく。

と——。

「なぜだ。なぜこの本を受け取れぬというのか⁉」

男の声が地下コンコースに強く響いた。

視線の先には長机がいくつも並んでいて、その上に本がたくさん置いてある。

「ブラインド・ブック・マーケット」という看板が立っていて、長机の内側で四十代とおぼしき女性がおろおろと困惑している。

「……ですから、北海道の人の本を交換する企画なんですよ。これが質の良い本で、価値があるのはわかりましたけど、それならば目利きの人がいる古書店に持ち込んだほうが……。だってこれ日本語じゃないじゃないですか。英語ですらないですよね」

「これが読めぬのはそなたの教養不足。己の不足を、我の不手際とすり替えて愚弄するのか。これだから愚民はっ。書物は知識の泉である。読めぬことを恥じて、頭を垂れて教わる姿勢を見せるのなら許してやれたものをっ」

黒マントの長身の男である。金色の髪に白皙《はくせき》の美貌。上から目線で、時代遅れの大仰な話し方。

「……伯爵だ」

――僕が気持ちよく出歩ける時間帯ってことは伯爵も自在に歩ける時間帯ってことなんだ。そうか。

いまは夜なのだ。吸血鬼の活動タイムだ。

「うおー。おまえはいつかの変質者じゃないか。ドミノを襲った奴だ」

先を歩いていた岩井も伯爵の存在に気づいた。パッと駆け寄って「またなんか変なことしてるのか。許さないぞ」と伯爵に詰め寄った。

「猫の集会にも出てるそうじゃないっすか。なにを企《たくら》んでるんすか。まさか野良猫に危害をくわえようとしているんじゃないっすよね。通報するっす。通報」

タカシもデジカメを取りだしシャッターを切る。フラッシュが焚かれ、伯爵はマントで顔を覆った。

「伯爵!!」

音斗は慌《あわ》てて声をかける。早足で岩井とタカシを止めにいく。たじろいだように腕を掲げ固まっていた伯爵が、近づいてくる音斗を見る。

伯爵の目がきらりと光った——気がした。

タカシのフラッシュに目を細め、突き進む岩井の手を軽くあしらいながら——伯爵は他の誰でもなく音斗だけを見返した。

「岩井くん、タカシくん。やめて。この人、悪い人じゃないんだ。ただちょっと……あの……ちょっと……」

——説明できない。

口ごもった音斗を睨《にら》みつけ、伯爵が音斗に問う。

「地に落ちた我が同胞、真実を知らぬかわいそうな子どもよ。ひとつ聞こう。この下劣な連中はおまえの下僕か？」

こんなときに走れないのはとてもつらい。はあはあと肩で息をして、音斗はやっと伯爵と岩井たちのあいだに割って入る。

「えええ？　岩井くんとタカシくんのこと？　ふたりは僕の友だちだよ‼」

下僕って……と呆気《あっけ》にとられて応じる。すると伯爵の目の色が真紅に変化した。

ルビーのような憤怒の輝きを籠《こ》め、音斗を凝視する。

「はっ。友だち……だと⁉」

そして岩井とタカシへと視線を移し、迸《ほとばし》るような勢いで語りだす。

「無礼ものめ。私を怒らせたいのか？　通報？　いまや人気取りに必死で女子高校生にも資格を与えた教会エクソシストたちにか？　それとももう存在の意義を失った、過去の遺物、ヴァンパイヤハンターたちを復活させるとでも？」

伯爵が哄笑《こうしょう》する。禍々《まがまが》しい笑い声は最初は低く、徐々に高まった。

「だが、それもよかろう。私はもう長く生きすぎた。そろそろこの怠惰で退屈な時を終えることを望むのもやぶさかではない。血が沸き立つ新たな流れをそなたたちが求めるのなら――くだらない現世につながれた下僕たちよ、我に愛と許しを請うがいい。そなたたちに恐怖と、そして本物の美を知らしめようぞ！　さあ、武器を我に差し向けよ。その程度の光、なにほどのものか」

「伯爵……なんのスイッチ入っちゃったの!?」

音斗はぎょっとしてツッコミを入れるが――伯爵は勢いづいたままだった。

「いまならまだ間に合う。跪《ひざまず》いて慈悲を請え。もしくは真の戦いを!!」

「ほらドミノ、こいつやっぱり変質者だって。なに言ってんのかさっぱりわかんないもんっ」

「ドミノさんこいつ頭おかしいっす。悪い人っす」

怒り顔になった岩井とタカシを両手で押し止め、音斗は伯爵を背後にかばった。

せっかくそうやって止めているのに――。

「ああ、それも我が本質。悪とは美しいものなのだよ。罪というのは極上の味がするのだよ。教えてあげよう。おまえたちに永遠を……」

伯爵ときたらさらに煽《あお》るようなことを言うのだ。

――伯爵いっそ異国の言葉で話して……。日本語で意味がわかっちゃうから、かえってみんなに説明できないよ〜。伯爵は悪い人じゃないのに、このままじゃ誤解されちゃう。

悪い人じゃなくても、どう見ても確実に変な人だ。

ため息をひとつ押しだして――音斗は声を張り上げた。

両手を大きく広げ、胸を張り、伯爵とみんなとのあいだに立ちはだかって――。

「……だから！　伯爵はチュウニをこじらせた人なんです。コスプレみたいなことして、いろいろと難しいこと言って『はっ』って鼻で笑う、そういうのが好きな人なんです。悪い人じゃない。誤解されてるだけで。前に僕に襲いかかったのもあれは……あれはっ、伯爵なりの友だちアピールで、つまり伯爵は僕の友だちでっ。だから誤解しないでください!!」

嘘ではない。これもまた真実だ。

物事を見えたまま、ねじ曲げて収束させる。

いまの音斗がよく知っている解決策のひとつだ。

「僕の友だちだから伯爵は悪い人じゃないし変質者でもないんだよ。だから通報しないで」

「ドミノが言うなら、そうなんだ。友だちなんだ？　悪かったな。勘違いしちゃって」

　岩井があっさり従った。タカシは少し遅れて、まだ疑わしげに伯爵を睨みつつもデジカメを構えた手を下ろす。

　音斗の大声と伯爵の出で立ちとタカシのデジカメのせいで、周囲に人が集まってくる。小声でひそひそと「なに？」「ドラマかなんかの撮影かな」と言い合って音斗たちを囲んだ。音斗はくるっと振り返り伯爵のマントの端をぎゅっと摑《つか》む。

　下から覗き込むと、伯爵の真紅だった目がすうっと蒼へと変わっていく。朝焼けから日が差し込んで色を変えていく空のように。

「伯爵、逃げないでね。僕たちすっごく目立ってるし、ここで伯爵に逃げられたら僕落ち込む」

　伯爵が怒ったように目をつり上げ、

「おまえが落ち込もうがどうなろうが私には関係のないことだ。おまえはもうずっと来なかったではないか」

「え……？」

「私に触れてもいいと許可した覚えなどない。離せ」

音斗の手を振り払い素早い動きで走り去ってしまう。

――伯爵、速いよ。

魔法なのか、それとも実力なのか。伯爵は、ぴゅーっと勢いよく走っていって階段をのぼって見えなくなってしまった。

「変わった友だちだな～」

岩井がびっくりしたように言った。少し離れた場所で音斗たちを見ていた守田が近づき「いまの人、特徴からして、ひょっとしてお姉ちゃんの家出の……？」と聞いてくる。

どう説明しても理解してもらえないし、嘘も言いたくないしで、音斗は「本、探そう」というひと言ですべての疑問を断ち切った。

ざわついていたまわりの人たちも伯爵の退場と共に「なんか終わったみたいね」と散っていく。

そして——長机の上に、伯爵のものである異国の文字が箔押しされた一冊の本が取り残されていた……。

伯爵と口論していた女性が疲れた顔で音斗に聞く。

「あの人、あなたの友だちなのよね。この本、彼に返してもらえるかしら。たぶん価値のある本なのでしょうけど……わたしには読めない本だから。それに今回の『ブラインド・ブック・マーケット』の趣旨にはそぐわない本なので。北海道の本じゃないわよね」

差しだされた本を受け取る。ずしっと重たい。少しだけ考えてから音斗はそれを持ってきた鞄にしまった。なんだか音斗の心もずんと沈む。忙しさにかまけてしばらく伯爵を訪ねていなかった。もしかしたら伯爵は音斗のことを待っていてくれたのだろうか。毎日のように出向いていたら、心を開いてくれたのか？

——声かけても顔見せてもくれなかったのに。

でも音斗が置いていった鯖《さば》の皿は翌朝には綺麗になっていたし牛乳パックも消えていた。

——僕のやってることは『あと一押し』なにか足りないのかな。あと少しで届かない、そんなふうにしかできてないのかな……。

見回すと、長机にはたくさんの本が整頓されて並べられている。中身が見えないようにラッピングされていて、ひとつひとつの本に表紙の半分の大きさのメモが入っている。

「それ、本を持ってきてくれた人たちからの手紙です。紹介文っていうのかな？　次にこの本を持っていってくれる人に対してのアピールです。うちの趣旨は『交換会』だから。あなたたちも交換する本を持ってきたの？」

音斗に本を手渡して気が軽くなったのか、女性の表情が優しくなった。机の上の本の並びを整え、音斗たちに説明してくれる。

「あ、はい。持ってきてます。北海道の人の本なら自費出版のものでもいいんですよね」

守田が斜めがけにしていた鞄から本を引っ張りだし女性に手渡す。女性はぱらぱらと書物を眺め奥付をチェックして「うん。いいですよ。じゃあそこに置いてあるみたいに、この用紙にメッセージ書いていってね」と守田に紙とペンを手渡した。

みんなどんなことを書いているんだろうと、それぞれの本につけられた手紙を読む。あらすじが書いてあるもの。すごくおもしろかったから誰かとおもしろさを共有したくてと熱く感想を書いているもの。好きだから布教用に何冊も買ったので一冊はここに出しますというものもあれば、もらったものだけど趣味にあわないので気に入ってくれる人の手元に届けばいいなというものも。旅の途中で読んでまだ旅の途中でここに置いていくから、この本もどこかに旅をしたらいいなと思ってというメモもあった。

見知らぬ誰かに本を通じて手紙を渡している感じだ。ボトルに手紙を入れて海に放り投げる類の――届くかもしれないし届かないかもしれない架空の誰かへの手紙と想いが、机の上の本に託されている。

「僕たち、短歌の本を探してるんです」

「短歌の本？」

「鳳凰院明彦《ほうおういんあきひこ》さんの『蒼き焔《ほのお》の果てに』っていう本なんです。札幌の人らしいから、今日ここに来たらもしかしたらあるかもって。……単行本の大きさで……」

岩井とタカシはすでに探しものモードに入っている。机の両端に別れて分担を決めて本探しだ。タイトルが見えなくても、大きさはわかる。

「ブラインド・ブック・マーケットに本を探しに来るって珍しいわね。みんなふらっと来て、ふらっと置いてく感じで、目当てのもの探しにきてるふうじゃないのよね。でも……なんだか記憶にあったような。それって紺色の本じゃない？」

「はい。そう聞いてます」

「私が梱包したからなんとなく覚えてる。ああ……んーと、これこれ」

女性はひとつ隣の机の隅から一冊の本を取り上げて戻ってくる。四六判の大きさの本だ。

すっと目の前に出された包みのなかには達筆なメモが同封されていた。

記されているタイトルは――『蒼き焔の果てに』。

「わ。これだ」

音斗は本をつかんで近くに引き寄せた。作家名を確認する。鳳凰院明彦。

「そっちのテーブルのところで中身も見られるよ。気に入らなかったらまた戻してくれていい。そうしたら包み直してまたここに置くから」

「はい。じゃあ見せてください」

音斗と守田は傍《かたわ》らのテーブルに本を持っていった。テープをそっと剝《は》がし、本を取りだす。

濃紺の布張りの表紙に金の箔押しのタイトル。

月日が黄ばませた頁《ページ》を捲《めく》る。目次には『出会いの季節』『花嵐』『豊潤の』という三つの章。

守田が音斗のすぐ横に立ち音斗の手元を覗き込む。

「咲く花をひとりじめできぬなら誰の目にもなくいっそ手折ると」

書いてある短歌を音読し「花の歌？」と感想をつけくわえる。

「巡り会いてはじめて蒼き焔の在処《ありか》を知る」

音斗もつぶやく。

それから本を一度閉じて一緒に入っていたメモを確かめた。達筆の筆文字で『いまもまだ焔は我が身にあるからこそ見知らぬ人の手元にこの本を委ねたいと思います』と書いてある。

「……いまもまだ焔が」

——伯爵が言いそうな台詞《せりふ》だ。

最初に思ったのは、それで……。

奥付の手前の頁に、著者とは別に「編集　玖美子」と書いてある。

――クミコ……さん？

音斗たちに本を渡してくれた女性がやって来て、音斗に告げた。

「ねえ、情熱的でしょう？　全編、恋愛の歌みたいなのよね。これ置いていった人がどんな人だったか気になるわよね」

「どんな人だったか覚えてないんですか？　記録とか」

「残念ながら」

応じた女性に守田が自分の本に書いた手紙を添えて「この本と交換したいです」とお願いしたのだった。

＊

全員で『マジックアワー』に戻った。手伝ってくれたみんなに感謝してリビングでたっぷりのパフェを食べて帰ってもらった。

途中でちらっと店内を見てきたら祖母が店にいたので、音斗は「あとで裏の、家のほうに来てください。探してたもの見つかったので」と小声で言う。

もちろん、祖母の友人たちのいる前で渡してもよかった。袋に入れて渡せば、中身がなんなのかも周囲にはわからない。

でもいくつか引っかかることがあって、祖母とふたりきりになりたかった。

「僕、おばあちゃんに聞きたいことができたんです。本のことで」

早口で祖母にだけ聞こえるように耳元で言う。

祖母は「あら」と口に手をあててから「そうね。あとで」と小さくうなずいた。


そして——。

音斗は、一度、帰ってからあらためてひとりでやって来た祖母に本を差しだした。

フユたちは全員『マジックアワー』の店のほうにいっている。太郎坊《たろうぼう》と次郎坊《じろうぼう》も、牛のお母さんも、音斗が追いやった。誰かがいたら祖母は真実を語ってくれない気がしたから。

祖母がダイニングテーブルの椅子に座る。

「これ……でいいんだよね。『ブラインド・ブック・マーケット』っていう本の交換会みたいなところで見つけたんだ」

音斗は本を取りだし、祖母へと渡す。祖母は本を手にすると、一旦ぎゅっと胸元で抱きしめてから、

「ありがとう。音斗」

優しい声で言った。

そうして本をテーブルの上に置き、目を細めて表紙に触れる。とても大事なものを触る仕草で。

祖母の手には染みが浮かび、お世辞にも綺麗なものじゃなかった。でも切り揃えられた丸い爪は清潔だった。左手にある金の指輪は、生まれたときからずっとそこにあったみたいにぴったりと指に貼りついているように見える。枯れた色になった肌と金色が、とても似合っていて——。

——昔、僕、おばあちゃんによく手遊びしてもらったんだっけ。

もっとずっと幼い日に、祖母は音斗と何度も「いない、いない、ばあ」をして遊んでくれた。「かいぐり、かいぐり」と歌をうたい、ふたりで手をまわして顔を見

合わせて笑った。外を走り回ったりすることのできない音斗に、あやとりを教えてくれた。音斗がうまくできると「音斗は、いい子だねえ」と誉めて、音斗の手や頭を撫《な》でてくれた。

いま本を撫でているときと同じように、慈《いつく》しむように音斗に触ってあやしてくれた。

「音斗、すごいわね。頼んでおいてなんだけど、もしかしたらもう手元に戻ってこないかもしれないって覚悟していたのに。ありがとう」

あらためて感謝され、音斗は祖母に確認しないではいられなかった。

「この本の作者って……もしかして、おじいちゃん？」

「どうして？」

「おばあちゃんちの本棚からこっそり本を一冊抜いていける人って、身内か友人しかいないじゃないか。あとは『おじいちゃんには内緒で』って言ってたから。最初はおおごとになりそうで嫌なのかなと思ってたけど……だんだん『おじいちゃんにだけは特に知られたくない』って意味に思えてきて……」

家の本棚から気づかれずに本を抜き出してしまえるような人は誰だろう？

祖母の周囲の人たちが本の詳細について口をつぐむのは？

祖母の友人からの電話の内容も、よく考えると変だった。犯人が誰かを知っているみたいな話し方だった。

高萩さんには知られたくないと祖母の友人たちが言っていた、その「高萩さん」は祖母ではなく、祖父なのでは？

祖母はどうやってなくなったかは知らなくていいと言った。それは「どうやって」なくなったかを祖母が知っているからではないだろうか。

「編集のところに、玖美子さんって名前が出てた。そういえば、おばあちゃんの名前、クミコさんだよね」

音斗にとって祖父母は、名前のない人たちだった。変な話だけれど。おじいちゃん。おばあちゃん。そう呼んで、それで事足りていた。『マジックアワー』で祖母の友人たちが祖母を「クミさん」と呼んでいたのを聞き、祖父母にも名前があるんだと音斗はやっと思いだしたくらいだ。

――それに、たしかおじいちゃんは明彦さんだったんだ。鳳凰院なんて名字じゃないけれど。

「あと、おばあちゃんがいま本を受け取ったときに大切そうにしてたから。おじいちゃんとおばあちゃんで作った本なのかなあって。これって……恋についての歌だって『ブラインド・ブック・マーケット』で言われたよ。短歌はどれも、正直、僕にはあんまりわかんなかった」

持ち帰ってきてから、音斗たちは好奇心にかられてみんなでこの本を読んでみた。全編をとおして恋の歌だ——と、説明された。そう思って読んでみると、すべての歌が、出会ったときから告白、そして両思いになって結婚するまでのあいだのものだと推測される。

この本を大切にしてたまに読み返したくなる気持ちを想像するに、祖母がこの歌を贈られた相手だと思ってもいいのでは？

添えられた手紙に書かれた達筆な文字はいかにも祖父が書いたもののように思える。

祖母がときどき読み返し——祖父は読まれることが気に食わなくて、手放した。

そう考えるといろいろなことの辻褄《つじつま》があう。

そして、祖父がこっそり書棚から抜きだして、本を手放したその理由についてはは読むとうっすらとわかってしまうのだ。

読後のタカシいわく「これって夜に書いたラブレター系じゃないっすか」。

夜に書いたラブレターを朝起きて見たら青ざめるみたいな、そんな歌が目白押しだったのだ。音斗はまだラブレターを書いたことはないが、そういう気持ちはわかる。深夜にひとりだとなにかを間違えてしまう感じ。物事には勢いというものがある。

守田姉への電話で祖母の友人が語った「人に歴史あり」の意味が、読書中にじわじわとみんなのなかに広がっていった。

——人に黒歴史あり。

タカシが「キョーレツっすね」と言い、岩井が「なに言ってんのかわっかんねー」と顔をしかめ、守田が「ちょっと……恥ずかしい」と頬を染めた、そういう類の歌が一冊分。

「あらあら。音斗は強くなっただけじゃなく賢いわね。まあもともと音斗は頭よかったものね。言葉も早かったし、おむつがとれたのも早かった。おねしょは遅くまでしてたけど……」

「おむつもおねしょも、いまは関係ないでしょう」

むっと口を尖《とが》らせて抗議する。

でも――そうか。

祖母は否定しなかった。ということは、音斗の祖父がこの情熱的な――ある意味、チュウニ的な言葉を散りばめまくる短歌を詠んだのか。

謎が解けたことに納得し――不思議を覚える。世界って広いし、深いと思う。だってあの祖父が、伯爵が使うような言葉を使って、恋愛を語っているなんて！

「そうなんだ。なんか、びっくりしちゃった」

「なにに？」

内容と著作者に――と言ったらまずい気がするから、別な部分での驚きを口にする。

「ええと……僕たちがちゃんと本を取り戻せたことに」

「あらあら。それを驚くのは、おばあちゃんの役目よ？」

「違うよ〜。これ、僕たちが探しだせたの運がよかったからなんだよ。推理とか探偵みたいな聞き込みもやったけど、僕たちの努力だけの問題じゃない気がしたの。

本当にたまたまこの時期に『ブラインド・ブック・マーケット』っていう催しがあって、本屋さんの店員さんがその情報を持ってて僕たちに教えてくれた。全部、幸運だったんだと思う。僕がいったときまだこの本は誰にも交換されてなかったことも含めて、タイミング次第で、間一髪っていう感じ」

　綱渡りな部分でさまざまな局面をどうにかやり過ごしたんだと思う。そうして、祖母が本を手にしたときの仕草で、いろんなことがするっとつながった気がした。

「きっと、この本は、おばあちゃんのもとに戻りたかったんじゃないかなって思った。これはおばあちゃんの手元にあるべき本なんだろうなって。だから――おじいちゃんとおばあちゃん、ふたりの本かなーって」

「まあ、そうねえ。ふたりの本ってことになるのかしらね」

　噛《か》みしめるようにして祖母が言う。

「あのね、僕最初におばあちゃんに短歌の本って言われて、難しい本かと思ってたんだ。短歌って学校で習ったのしか知らないし。いや、でも……別な意味で僕にはまだ難しい内容なんだけど」

「難しかったかしら？」

「蒼い焔って僕にはよくわかんない」

音斗の「好き」は蒼い焔ではない気がする。よくわからないけれど。

「それね、おばあちゃんも実はよくわからないのよ。最初に歌を見たときに『この人、大丈夫かしら。この人が喩《たと》えてる花って、私で合ってるの？　焔ってなにかしら』ってどぎまぎしたわ」

祖母は手に取った本を捲りながら続ける。文字のひとつひとつを確かめるように祖母の指が頁を押さえる。

「なんでこんな大仰な歌があの人の頭のなかから出てくるのかしらっていうのは、いまになってもわからないままよ。あの一時期だけ、おじいちゃんはこんな歌を作って私に贈ってくれた。だからこそ、おばあちゃんはもらった歌を大事にして、全部残しておいたの。それで、思いたって、まとめて本にしたのよ。喜んでくれるかと思ったのに、おじいちゃんものすごく怒っちゃって大変だったわ。だからこの本以外はみんな捨てられちゃったの。人に見せるなって。ひどいわよね」

「え、勝手に本にしたの？？」

いわゆる黒歴史を暴かれて出版されたと思えばいいのだろうか。それは祖父が怒るのも理解できる。

「あの頑固でガミガミ怒ってることが多い、男たるものは強くあるべしって言ってるおじいちゃんに、こういうものを詠む素養があったっていうのが……ロマンティックって思ったのね。たまに読み返すために本にしたっていいじゃないのねえ」

近くでこれを読み返されるのはつらいかもしれない。音斗ははじめて祖父に同情した。

——おじいちゃんも、けっこう大変なんだなあ。

音斗が知っている祖父母の姿が、祖父母のすべてじゃないのだ。当たり前のことだけど、でもいままで実感できなかった。

祖父母たちも互いにいろんなやりとりがあって、喧嘩したり、笑ったり、泣いたりして——いろんなことを考えて——。

音斗の母親を叱りつける祖父母だけじゃなく、祖父母にも祖父母のまったく別な日常があって——友だちがいて——。

音斗のことを心配したり、音斗の母にきつく当たったりするのも祖父母なりの理由があって――。

祖父母は祖父母で、自分たちが正しいと思ってる。正しいから折れたくないと思いながら――だけど祖母は『マジックアワー』に通ってきてくれていた。頻繁に来てくれていたのだから、祖父は祖母がどこにいっているのか知ってるのではないだろうか。

「ねえ、音斗。音斗には想像もつかないかもしれないでしょうけど、おじいちゃんにも、おばあちゃんにも若かった時期があったのよ」

「想像はつくよ。ちゃんとみんな若かった時があるって知ってるよ」

フユがかつて家出したように、祖父母たちにも過去があったのだ。わかっているのに忘れがちなこと。

フユが祖母のことを「可愛い人かも」と言っていた意味が少しだけわかった。

祖母はどうやら音斗に対して今回ものすごく譲歩してくれているのではないだろうか。祖母は、音斗とのあいだに「落としどころ」を探すために、本探しを頼んだのかもしれない。

つまりツンデレ的な――決して自分からは頭を下げずに高飛車に音斗のことを許

してくれるための儀式が必要だったというか――。

本を探してくれたから音斗が『マジックアワー』にいることを許可しますという形を取りたかったというか――。

「そうかしら？　だったら音斗はすごいわね。おばあちゃん自身も、たまに自分が若かったっていうこと忘れちゃうのに」

祖母の目が笑いじわのあいだに埋まる。音斗の母と言い争っているときの祖母とはまるで別人だ。悪戯《いたずら》を見つけられた子どもみたいな顔になっている。

祖母のその笑い顔が好きだなと思う。恥ずかしいけれど幸せみたいな笑い方。

「嘘だよ。おばあちゃん、忘れたりしてないでしょう。だって自分が若かったこと忘れる人は、そんな顔で笑わないと思う」

ぽすっと思ったことをそのまま口にした。祖母が驚いたように目を見開いた。言わなかったほうがよかっただろうか？

――だけど僕はツッコミ担当なんだもの。

「音斗……口が達者になったこと。前は本当に非のうちどころのない、良い子だったのにねえ」

感心したように祖母が言う。

――そんなに僕っていい子だったのかな。誰も彼も僕のこと、そんなふうに言う。チリチリチリと胸が痛む。誉め言葉のはずなのに、なんだかしゃくだ。

「僕、悪い子な部分、探したり作ったりしてる途中なんだ。このままじゃ顔が良くて成績も良くて性格も良い灰汁《あく》のない優等生モブキャラになるみたいだから」

「モフキャラ？　可愛いわね。モフモフしているのかしら」

ちょっとずれたことをきょとんとして言い返す祖母を音斗は、はっきりと「可愛い」と思った。祖母のことを可愛いと感じられる日がこようとは！

「モフモフはしてないよっ。それより、おばあちゃん。約束だからね。本を見つけたんだから、もうお母さんにひどいこと言わないでね」

音斗は図に乗って、さらに釘を刺しておく。

「仕方ないわね。音斗がそこまで頼むなら、考えてあげてもいいわ」

祖母が澄まして言う。

「でもね、歌江《うたえ》さんと歌江さんの親戚が変人ばっかりなのは事実ですからね。嘘は言ってなくてよ。どうしようもないわ」

「う……ん。フユさんナツさんハルさんについては……どうしようもないよね。わかった」

「ところで、音斗。もうひとつお願いがあるの。ねえ、この本を音斗のところに置いといてちょうだい」

そう言って祖母が音斗へと本を寄越す。手元につきつけられた濃紺の表紙を見下ろし、音斗は目を白黒させた。

「えええええ？」

「だってうちに戻してもまたおじいちゃんにどこかに持っていかれてしまうもの。今度は本当に捨てられてしまうかもしれないわ。だから、ね。音斗が持っていて」

「そんな……どうしよう？」

困惑に眉根がぎゅっと内側に寄った。

おろおろとして返事に詰まった音斗の前に、祖母が本をすっと滑らせる。

「作ったときはそんなつもりじゃなかったの。でもいまとなってはこの本っておじいちゃんにとってはけっこうなアキレス腱みたいだし、あなたが持っているのもいいんじゃないかしら。いざっていうときの武器になるわよ」

「武器って。おばあちゃん!?」

――おばあちゃんが実はいちばん怖いのかもしれない。

祖父は正攻法で真っ正面から戦えばいいとして、祖母を敵にまわすと思いもよらぬ武器で攻撃されるのかも。

それでも次の交渉のためのチケットになるのだとしたら、この本は有益だった。

それに――。

「じゃあ、二階の僕の部屋に置いておくから、読みたくなったらおばあちゃんが僕のとこに来てくれる?」

この本が祖母と音斗とのあいだの言い訳になるなら――。

祖母は「別に来たいわけじゃないけど、仕方ないわね」とツンと顎《あご》を持ち上げて応じたのだった。

＊

伯爵は飢えていた。

吸血鬼にも好みの血というものがある。人間にはピンとこないものかもしれないが、血というのは意外と当人の体調で内容が変わるものなのだ。だからこそ、病院では体調のチェックや病気の発見のために血液検査を行う。

伯爵はどんな血液検査よりも、相手の健康状態を言い当てる自信があった。

もちろん吸血診断なんてやらないが――。

血液型は何型でも気にしない。健全で、清らかな血が好きだ。怠惰な生活をしている者の血は怠惰な味がする。きちんとした血は、口のなかで香り高く蕩《とろ》けるのだ。

夜の街角だ。伯爵はいつものように行灯《あんどん》を掲げ、椅子に座っている。伯爵の足もとでボス猫が鳴いている。

街灯の明かりが不具合を起こしたのか、チカチカと明滅している。

「くっ。おまえはいったいどこからそんな情報を仕入れてくるのだ。地下街に猫などいなかったというのに。ち、違うぞ。さっきのあれ……我は逃げたのではない。大事な書物を忘れて走って逃げたわけではないのだ。あれは……勇気ある撤退である。新たな未来に向けて、あえてあそこで走り去ったのだ」

猫が「なあん」と首を傾げる。

「ああ、あの子どもは元気であったように見えたな。人の子たちと共に……友だち……だと。わ、私のことも友だちだと大声で……宣言した」

ぐむっと変な声が出た。

友だちだと？　高貴なる血族であり夜の支配者が、なんであんな子どもに友だち扱いされなくてはならないのか。

「何故《なぜ》だ。何故、私は」

吸血鬼にも心臓がある。人の心臓のような動きをせず、停止したままの心臓がある。だから吸血鬼たちは心臓を杭《くい》で刺されると死ぬのだ。

しかし心臓が吸血鬼たちの胸の内側になんのために留まっているのかを伯爵は知らない。脈打たない臓器は無意味なのではないだろうか。では、どうしてそこにあるのだろう。何百年と生きてきて、伯爵は、自分自身の身体《からだ》の仕組みすらわかっていないのだと気づく。

——何故、私は、あの子どもに友だちだと言われて心臓が痛くなったのだろう。

冷えて固まっていた胸の内側がじりじりと痛んだ。

思わず飛んで逃げてきたくらいの、唐突な痛みだった。

思い返すとまた胸の奥に疼痛《とうつう》が走る。伯爵は胸元を押さえ低くうめいた。

「……友だちとはなんだ？　我に必要なのはこの乾きを癒《い》やす純粋な血と、それを差しだす下僕のみ。他のものなどいらぬ」

ボス猫が伯爵の膝の上にとすんと飛び乗る。ぐるぐると喉を鳴らし伯爵の下腹で前足でグーパーをくり返す。

伯爵はくるりと尻尾を振って膝の上で丸くなる猫を無言で撫でた。

目を閉じる。ゆらゆらと半身が揺れるのは飢えのせいかもしれない。

遠くから体重の軽い靴音が聞こえてくる。まぶたは閉じることができるが、耳は閉じられない。

聞き覚えのある足音だ。

いつだって彼は、ひどくおっかなびっくりな歩き方をしている。

足もとにある地面を毎回毎回、足の裏で確かめてでもいるような慎重な足さばき。

他の子どもたちのように弾まないその足音を、伯爵は好ましく感じていた。

自分が子どもだった時代を伯爵はもう覚えていない。

記憶に残っているのは断片だけだ。

自分は昔「なにか」だった。いまは何者でもない伯爵だ。

途中の過程は思い出からするりと抜け落ちている。思い出さずとも過ごせるのなら、思い出す必要もないと放置している。

「伯爵〜。どこ〜?」

足音の次に、子どもの声が聞こえてくる。

本当ならば、消えてしまってもよかったのだ。行灯も机も畳んで、白い煙と共に消滅することもできた。そうしなかったのは伯爵の膝でボス猫があまりにも心地よさげに喉を鳴らしていたからだ。

すべては猫のせいだ。

「伯爵〜。いた。よかった。いてくれた」

曲がり角を越えた子どもが、遠くからでもわかるくらい顔をパッと輝かせ笑った。早足で近づいてくる。タッタタッタッタッ。彼にできる精一杯の速度で歩いてくる。

「伯爵、ごめんなさい」

前に立ってまず頭を下げた。勢いがよすぎて、占いのために広げた机にガツンと当たった。

「わ。痛っ」

額を撫で顔をくしゃっと歪《ゆが》めて子どもが言う。馬鹿なんじゃないのか、この子どもは。出会った最初の頃はそうでもなかったのに、月日の流れに応じて子どもはどんどん愚かになっていく。周囲の吸牛乳鬼たちの影響に違いない。

「なにをあやまっているのだ」

「なんとなく。それからこれ――」

子どもが伯爵に本を差しだす。先刻、置いてきてしまって悔やんだ本だ。

「伯爵、忘れていったでしょう？　さっきの人が、持っていってって言ったんだ。はい」

「うむ」

結局、この本は金にはならなかった。机の傍らに引き寄せ、一度だけ指の腹で本の表紙を撫でた。

「伯爵、お腹すいてない？」

「うるさい。言っておくが牛乳も鯖もいらぬからな」

ぷいっと顔をそむけると「そうじゃなくて」と子どもが言って、安全ピンをコートのポケットから取りだす。左手の親指を上に向けて立て、拳を握る。顔にも身体にも力を込め――伯爵の目の前で安全ピンの先でいきなり自分の親指を刺した。

「な……なにを」

白い指の腹にぷくりと丸い血の玉が浮いた。

街灯の光に照らされ真紅にまあるく盛り上がり、妖しく輝く。

甘い匂いがする。伯爵の喉がこくりと鳴って、伯爵の視線は子どもの指先からもう離れない。

「吸わないで舐める程度なら大丈夫だよね？　僕、そのまま血を吸う吸血鬼になったりしないよね？」

ふつりと、街灯が消えた。照らしていた明かりを失いほんのわずかに闇の色が深まる。

子どもは血の玉の浮き出た指を突きつける。親指だけ突き立ててこちらに向けてくるが、その腰は少し引けている。

「なんでこんなことを」

ひりついた声が出た。血の匂いと色につられ、自然と身体が前へと動く。

傍らに置いた行灯の黄ばんだ光がアスファルトに歪《いびつ》な形の影を作る。

「だって伯爵、なにも食べないままだったら死んじゃうかもしれないじゃないか」

子どもは怒ったような、泣きだしたいような、なんとも言い難い表情で伯爵の口元に指を押しつける。

「それに僕にはいつも『一押し』が足りないんだと思う。勇気とか男気とかそういうのが。だからちょっとだけ押してみようと思ったんだ。はい、伯爵。僕にはこれくらいしかできないけど」

乾燥して皮の剝《む》けた唇に、子どもの血の一滴が触れた。かぐわしい香りが鼻腔をくすぐり、我知らず舌で唇を舐める。

甘露の味がした。

吸いとることもせず、舌で舐めた。

刹那、子どもの肩がぴくっと震えた。強《こわ》ばった頰のあたりに緊張が走っている。

それだけだった。

それだけなのに——なにか美しいものを捧げられたような気がした。

「し……信じてるから。伯爵は僕の友だちなんだって信じてるから」

信じているから——どうしろというのだ？

指を押しつけながら、子どもはぎゅっと目を閉じ、うつむく。

「蚊に刺された程度だよ。このくらい。なんてことない」

伯爵は、人間ではない。

尖った牙を持つ血に飢えた高貴な闇の眷属《けんぞく》だ。

伯爵は子どもをつかまえてのど笛に喰らいつくこともできたのだ。細い喉の皮膚を破り血を吸い取って下僕もしくは仲間にすることもできたのだ。

しなかったのは——膝の上にいる猫のせいだ。

立ち上がったら猫が怒る。小うるさく、図々しく、常に「猫から目線」のボス猫は遺憾の意を唱え毛を逆立てて抗議するだろう。

「蚊と一緒にするな！」

言い返す伯爵の声は低く、震えていた。

血の味は、伯爵の唇と舌先をほんの少しだけ湿らせた。一滴では足りない。まだ伯爵は飢えている。そしてずっとこのまま飢え続けるだろう。いつまでも、どこまでも、ひとりで飢え、血を求めてさすらうのだろう。

「吸血鬼と人間は違う。我らはずっとこのままだ。ずっとだ。永遠に近い月日を我らは死に続ける」

「死に続けるって？」

子どもが目を開ける。

伯爵は子どもから視線をそらし、うつむいて猫を見る。

「たとえばこの猫の状態を生きているのだと言うのなら、我はもうずっと生きたことがない。死に続けているからこそ永遠なのだ。人や動物のように年を取ることもなく、ゆっくり、ゆっくりと死に続けている」

「死に続けているから永遠？」

「おまえたちは生きている。私より生きている。おまえたちの心臓は動き、脈打っている。それが進化するということなら、そうなのだろう。私には関係のないことだ」

「伯爵の言ってることがよくわかんないよ。伯爵だって生きてる……でしょ？」

「いいや。私の心臓は動かない。おまえたちと私との違いは、血を吸うか、吸わないかだけではないのだ。心臓が動くかどうか。鏡に映るかどうか。川を渡れるかどうか。違いは、あるのだ」

「伯爵って鏡に映らないの？　川を渡れないって、なに？」

「それでも――おまえたちも我が眷属の末裔だ。吸血鬼は人と共には生きていけない。人と同じには年を取らないのだから。むしろおまえたちのほうこそ人とは暮らしていけまい。血を吸う我と違い、おまえたちはある年代で成長の時が止まると聞いた。そして百年を超えると、途端に一気に老いる。猫たちが、そう話していた」

　ボス猫の耳がひくひくと動く。猫は寝ていても自分にまつわる話をされると、すかさず聞き耳を立てるのだ。

「猫たちが言うところでは、おまえのところの下劣な連中は人と同じに年を取るための機械か薬を作ろうとしているようだな。しかしそういう問題ではない。種族が違う。見た目がどれほど似ていても、我ら闇の眷属と人とは理《ことわり》が違うのだ」

「……待って。伯爵。僕、成長が……止まるの？」

　子どもの手がくたりと下に落ちる。血の匂いもほんのわずかに遠ざかる。

「知らなかったのか？」

子どもが首を縦に振る。

見る見る青ざめていく顔が、途方に暮れた表情で固まった。

「嘘だよね。そんなの嘘だよね？　だって僕」

——なぁん。

猫が鳴き、のびをして、すとんと地面に飛び降りた。目を上げて、伯爵に呼びかけるように鳴き声をあげ、のばした尻尾をぶるぶると震わせる。

「ふ……。頃合いだ。我が遣《つか》い魔《ま》もおまえとの語らいに飽きがきたようだ。我はいく」

立ち上がり、机と椅子をぱたりと畳む。

「待ってよ。伯爵」

子どもに背を向ける。それもまた猫のせいだ。猫が膝から降りてしまったから。

そうして——伯爵は立ち去った。

あとには白い煙だけが残っていた。

8

伯爵がいなくなった路地裏に音斗《おと》はぽつんと立っている。

すぐには信じられない。

それでも、伯爵の言葉は音斗の心を撃ち抜いていた。固かったはずの地面が急に溶けて形をなくしたみたいに、足もとが定かではなくなりふらつく。

——僕はみんなと一緒に年を取れないの？

そんなの知らない。誰も教えてくれなかった。けれど、そういえば話を濁《にご》されたことが何度かあったような気もする。人間と吸血鬼の違いについて。

思い当たるところがあるから、気持ちの底が抜けたみたいにストンと落下していく。頭のなかは真っ白になって「嘘でしょう？」という言葉と「でも本当だったらどうしよう」という言葉が交互に点滅する。

——岩井《いわい》くんやタカシくんや守田《もりた》さんと一緒に大人になれないの？

ここのところなにもかもがうまくいきすぎていた。どこかでこんなに楽しい毎日は嘘なんじゃないのかなと不安だった。夢みたいな日々すぎて、なにもかも消えてしまうんじゃないかって。

不安定に揺れる迷いが音斗の胸を締めつける。苦しい。

――だけど伯爵の言うことだから、違う可能性がある……よね。

「伯爵の嘘つき！　どうしてそんな意地悪を言うの？　友だちなのにひどいよ」

伯爵が消えた方向に向かって声を張り上げる。

早く帰ってフユとハルとナツに真実を聞かなくては。そして「伯爵は間違っている。嘘をついたのだ」と言ってもらわなくては。

切れていた街灯にパッと明かりが灯《とも》る。冷たい風が足もとに枯葉を吹き寄せる。

音斗は『マジックアワー』へと戻るためにきびすを返した。

『マジックアワー』に辿《たど》りついたときは心臓がばくばく激しく動いていた。そうだ。音斗の心臓は動いている。部屋のなかは明るくて、カーテンを閉めていない窓ガラスに、弱々しい顔をした音斗がくっきりと映っている。髪の毛は風でぐしゃぐしゃで、頬《ほお》が強《こわ》ばって、目と鼻の頭が赤くて――。

厨房のドアを開けると、そこではいつものようにみんなが働いている。ナツが生クリームを泡立てるものすごい音がする。

「おかえり。どうした、音斗くん？　すごい顔して」

フユが驚いたように音斗を迎え入れ頭をくしゃっと撫《な》でた。

――あったかい。

部屋のなかも、フユの声も、触られる仕草もすべてがあたたかくて――張りつめていたものが一気に緩《ゆる》んだ。精一杯きつく締めていた感情の蛇口がフユの手でひねられて、音斗の目から涙が零《こぼ》れる。

「フユさん、僕、年を取れないの？　嘘だよね。みんなと一緒に年を取ることができなくて、ひとりだけ成長が止まっちゃうなんて違うよね？」

笑ってよ、と心の奥で強く念じた。

笑って「音斗くんなに馬鹿なこと言ってるんだ」って言って欲しい。「そんなはずないだろう」って言ってよ。否定して、そして音斗の髪の毛をぐしゃぐしゃにかき混ぜて。

なのに――その場の空気が凍りつく。

ナツが泡立ての動きを止めた。けたたましい音が途絶えしんと静まり返る。

「……嘘だよね」

もう一度、くり返す。涙でフユの顔が滲《にじ》んで見える。

フユは嘘をつかない人だ。真実を自分に都合がいいように丸めこんでごまかす伝え方をしても――嘘は言わない。

すがるようにフユを見上げた音斗に、

「本当だ」

フユが悲しい目をして、とても優しい声でそう答えた。

*

音斗の過ごす時間の密度が増した。時間に重さはないけれど、同じ一時間でも、昔の一時間より中身がたくさん詰まっているように思えた。

一日は二十四時間。時間の単位は同じだ。けれど昔過ごした一秒より、いまの一秒のほうが重たくて、足枷《あしかせ》みたいになって音斗の身体《からだ》にまとわりついている。

——友だちの誰にも言えないよ。

言えるはずがない。自分は吸血鬼の末裔だから、クラスの人たちと同じに成長できないなんて言ったって誰も信じてくれない。

そんなの親にだって言えない。もちろん祖父母にも言えない。

あなたたちの子どもは——孫は——何歳かわからないけれどある段階で突然成長を止めて、そこからしばらく若いままで過ごすらしいです。年を取れないようです。それで百年くらいたったら一気に年寄りになるらしいです。そんなことを言ったら、また親を泣かせてしまう。

——猫や犬と同じだと思うといいってハルさんに言われたけど、思えないよ。犬年齢の一歳は人間の十八歳ですみたいな年の取り方だとか、そんなの。

しかもフユに至っては「だから金を稼ぐのが俺たちにとってはとても大切なことになるんだ。いいか金がすべてだ」ときっぱりと告げて、まとめた。

進化していても吸血鬼は人間社会において「駄目」な要素がとことん満載だから気をつけるようにと説明されても。

――仕事が見つからなければ「未成熟な引きこもりニート」のひと言で片付けられる存在だから、気をつけるようになって……そういう問題じゃないよね？

強くなりたいとずっと願っていて、やっと少しだけ強くなれそうだったのに。

強い弱い以前じゃないか。育つことができないって、どういうことなんだ。

ずっと若いままって、どういうことなんだ。

その朝――音斗はクッションや布団を敷きつめた木箱のなかで目覚めた。丸く身体をちぢこめて、もうこのままずっと閉じこもっていたいと願いながら――音斗はそれでも目を開ける。

「今日は合唱コンクール」

つぶやいてみる。

こくんと喉が鳴る。いままでずっと練習してきたことが今日、評価されるのだ。みんなの合唱、ピアノの伴奏、音斗の指揮――。

「がんばらなくちゃ」

がんばるのだけは得意なのだ。努力でどうにかできるなら、なんでもやる。

暗い箱のなかで、自分自身がバネになったみたいに、いつもより少しだけ勢いづけて起き上がる。長く手をのばすと、蓋《ふた》がころりと外れて床に落ちた。深呼吸して、箱から抜け出る。カーテン越しの朝日の感触を肌にチクチクと感じる。

ハチミツみたいな色の光が部屋にあるすべてのものに降り注いでいる。

日光は苦手。でも部屋に差す光は綺麗だと思いながら、音斗は階下へと降りていった。

「『音斗さま、おはようございます～』」

太郎坊《たろうぼう》と次郎坊《じろうぼう》が身体の前できっちりと手を合わせ音斗に向かって頭を下げる。

「おはよう～。音斗くん。フユが美味《おい》しいパンを買ってきたから今日はチーズトーストにしろって言ってたよ」

日光と同じハチミツ色の髪を輝かせて、ハルが言う。

「うん」

音斗は鉛のようになった「時間」の枷を意識しながら、のろのろと動く。ハルが音斗の様子を見て「仕方ないなあ。特別に今日は僕がチーズトースト焼いてあげるよ」とため息をついた。

「この僕にため息をつかせるって、音斗くんはたいした奴だ」

「ハルさん、そういう問題じゃないよ。だって僕はいつも心の準備ができてないんだ。いきなり知らされてショックを受けてばっかりだ。僕、みんなと一緒に大きくなって、いろんなところに一緒にいけると思ってたんだよ？」

「だから〜、そういうのは成長が止まってから悩もうよ。いまんとこ毎日学校にいってるし、岩井くんやタカシくんと仲良しで、クラスのみんなも一致団結してて、合唱コンクールで下克上狙ってるんでしょ？」

「そうだけど……。僕、背がのびてない。もう成長が止まっちゃったのかも」

「フユが、音斗くんのいまの身長ののびは吸血鬼に関係ないって言ってたじゃん。僕もそれに一票を投じます。音斗くん声がわりもしてないし中学三年くらいで一気に背丈のびて男らしくなるんじゃない？　だいたい僕ら見てればわかると思うけど、僕ら見た目年齢二十五歳くらいまでは人と同じ速度で育つから」

「うん……。わかってる。でもそれとこれとは別なんだ。まだ動揺がおさまらない。僕、ハルさんに比べたら悲観主義者っていうやつなのかもしれない。根暗っていうの？」

「そっか」

自分の成長が途中で止まるかもと知って音斗は驚いた。悲しくなった。

それでも音斗は学校にいった。みんなと過ごした。だってそうするしかないじゃないか。友だちと一緒に過ごせる日々を手放すことなんてできるわけがない。

もしかしたらこんな幸福な毎日は続かないかもしれない。いつ途絶えるかわからない。そう知ったからこそ、なおさらだ。

いつまで友だちでいられるかわからないなら、いまの時間を全部、丸ごと、自分の胸に引き寄せたい。一生懸命生きるしかないじゃないか。

「ネクラとはオクラのようなものだろうか。ねばねばか。音斗さまはちっともねばついてはいらっしゃらないようだが」

「いやいや。植物のような根があってそれが暗いことを根暗というらしい。なにかよくわからないが人にも根があるのだ。暗いところを這っている人間と根明といって明るいところに根を這わせる人間もいるらしいのだ」

「なんだそれ怖い。根っこがあるのか人間は」

「音斗さまにも根が」

太郎坊と次郎坊が討論をしている。

「ええと、ネガティブっていうか、性格の基本のところが悲観的だったり暗かったりすることを根暗って言うんだ。僕には根は生えてないです。進化した吸血鬼っていうだけで大変なのに、根まで生えたら困っちゃう」

嘆息し「それで、ハルさん」と音斗はハルに確認する。

「ハルさんが作ってくれたこれ、ちゃんと動くよね？　大丈夫だよね？」

「当たり前だよ。だって僕は天才だから！」

ハルに渡されたそれを持ち——音斗は学校に向かったのだった。


合唱コンクールだ。

順番はすでに決まっていて——音斗たちのクラスはちょうど真ん中あたり。

「一番最初と一番最後は評価低くなるっていうから真ん中はいいんじゃないかな」

クラスの女子たちが小声で言い合っている。

きっちりと並んだ椅子に座って他のクラスの合唱を聞くあいだ、音斗の心臓はトクトクと早めに脈打っていた。

背の高さ順だから音斗はクラスの最前列。隣に座る女子は守田だ。

「ちょっと緊張してきた。私、キー少し上がりがちなんだよね。間違えたらどうしよう」

そわそわとして守田が小声で言うから「大丈夫だよ。みんなたくさん練習したから」と音斗は言う。

「そっかなー」

「うん」

音斗の膝の上には大きな袋が載っている。守田に「それなあに？」と聞かれ、音斗は「専用指揮棒」と応じた。ちなみに岩井には「最終兵器指揮棒。つまり日傘」と答えた。

岩井にはそれだけで通じて「やったー」と目を輝かせていた。

時間になって――クラスみんなが立ち上がりステージへと向かう。

伴奏の女子がピアノの前に座って楽譜をセットする。

音斗は袋から取りだした「ハル手製の専用指揮棒」を腰に差す。刀みたいになっていて、鞘《さや》に入れて、ベルトで装着して歩けるようになっている。

――ハルさんがインパクトと見た目のかっこよさ優先したって言ってたし。

はたしてこれが実際にかっこいいのか、悪いのか、音斗には判断できない。

でも。

「お、ドミノなんかかっこいいぞ」

岩井が音斗の肩を後ろからツンとつついて笑うから、これでいいんだと思う。

みんなが位置についたのを確かめてから音斗が一番最後にステージに上がる。横にある階段をひとつずつ踏みしめ、ゆっくりと中央まで歩いていく。

ステージの真ん中にある指揮者の台の上に乗り、くるりと全校生徒を見下ろした。

一斉に音斗を見ている。先生たちも音斗に注目している。

音斗はぐっと腹に力を入れ、片足を少しだけ後ろに引いて、腰に下げた「専用指揮棒」を鞘から引き抜いた。

勢いよく片手で掲げ、手元のボタンを押すと――フリルつきの日傘がパッと開く。

それだけでインパクト大だ。生徒たちが「おおっ」とどよめいた。

音斗は片手でくるくると日傘を回す。もう片方の手で赤いふわふわのボールをひょいと放り投げ、傘で受け止めてさらにぐるんと回転させる。

笑い声も聞こえている。でもそんなのは気にしない。自分が笑われることで、守田の希望が叶えられるなら本望だ！

――これはハルさんに仕掛け作ってもらったやつで、自分の努力じゃないけど。

努力じゃ間に合わなくて、すみませんとこっそり思いつつ――。

先生が目を丸くしている。生徒たちの一部がどっと湧いて、拍手が起きる。

くるくるくる。六回転ほど回してから傘を手元でぽんと跳ね上げると、ボールが頭上に舞い上がり、空中で破裂した。

なかから小鳥が姿を現し、天井に向かって飛んでいく。

いい感じに講堂の空気が湧いた。

音斗は傘を閉じて深くお辞儀をし、振り返ってクラスメイトたちの顔を見る。

岩井をはじめ男子チームが互いをこづきあってニヤニヤしている。

――みんな笑ってる。

すとリラックスした顔で笑ってる。ソプラノパートの最前列にいた守田と目が合う。女子もくすくくるんと丸い目が大きく見開かれ、口元に笑みが刻まれている。

——守田さんの緊張もほぐれたみたい。

日傘の指揮棒を持って、音斗はピアニストに片手で合図する。

——さあ、はじめよう。

ここからはみんなが練習した成果だ。放課後に、昼休みにとみんなで一丸となって練習してきた。大丈夫。絶対に下克上してみせる。

大きく息を吸い、音斗は指揮棒を振る。

ピアノの音が聞こえ——みんなの声が響き渡った。

女子のアルトが少し先走っている。音斗は慌《あわ》てて指揮棒の日傘を振って、みんなをリードする。

こっちを向いて、そして指揮に従って。

普段はそんなふうに「従って」なんて言える音斗じゃないが、今回ばかりはすべての責任を背負ってみんなの歌声をまとめなければ。

アルトのリーダーが音斗の指揮に気づく。早めだったテンポを戻してくれる。ひとりの強い歌声に、みんなが引っ張られる。ちゃんと楽譜通りのリズムと音になる。

翼がほしい――みんなの声がひとつになる。

大きなひとつの生き物の鼓動のように、ぶわっとまとまって、ハーモニーが混じり合って――。

みんなの気持ちがひとつになった――気がした。

練習してきたどの日より、本番の歌声がいちばん力強くて、気持ちがこもっていた。のびやかで、綺麗に声が重なりあっていた。

すべてが終わって、音斗が振り返って頭を下げると、たくさんの拍手が音斗たちへと向けられたのだった。

＊

そのあとは最後まで全員の歌を聞いて――発表があった。

「第二位。一年――」

音斗たちのクラスが呼ばれる。すぐ隣に座っている守田が「あ、うちのクラスだ」と声をあげる。

三年や二年を差し置いて、音斗たちのクラスが全校で二番目だ。

一番じゃないのは悔しいが、二番目だってたいしたものだ。

「守田さん、やったね。下克上だよ」

音斗が横を向いて守田に言う。

「うん。やったね！　高萩《たかはぎ》くんの指揮のおかげ。あれ笑っちゃった」

守田が軽く片手を上げて音斗に向かって手を開いたから、音斗も守田に小さくハイタッチをした。ふわっと触れて、すぐに離れる。

後ろのほうで岩井が「下克上～」とテンション高めに叫んでいるのが聞こえた。

男子たちが盛り上がり、女子も華やかな声を上げている。

――守田さん、笑ってる。可愛いなあ。

気持ちが上がっているのかちょっと頬のあたりが薄いピンクに染まっていて――。

「あのね、守田さん」

音斗の唇からぽろっと言葉が零れた。

「うん？」

「僕、守田さんが好きだ」

「え？」

「ごめん。それだけ。言いたかった」

どうして「ごめん」なんだろうと、自分の言葉に脳内でツッコミを入れた途端、頭のなかが沸騰したみたいになった。なんでこのタイミングで——どうしてこの場所で、いきなり告白しているんだ？

どうしちゃったんだよ、僕……。


でも——音斗はずっと守田の側にいられるかわからない。年とともに成長する守田に置いていかれていつまでも年を取らないまま、子どもの状態で過ごすのかもしれない。

だったら「いま」しかないじゃないか。

明日どうなるかわからないなら「いま」しかないじゃないか。

「言いたかっただけだから返事はいいんだ。ごめんね」

早口で続ける。

表彰されて賞状を受け取るのは指揮者の役目で、だから音斗は席から立ち上がり壇上へと進む。

音斗の心臓が馬鹿みたいにトクトクトク鳴っている。指揮で傘回しをするより、告白するときより、告白した「あと」のほうが死にそうな気持ちだ。どうしよう。どうしたらいいんだろう。勢いで言ってしまったけれど、このあとどういう顔をしたらいいいんだろう。

誰も答えてくれない難問を胸の内側でずっしりと抱え、音斗はステージへの階段をゆっくりと上っていった。

終章

わたしが好きな人はあまり年を取らない。いつまでも年若く見えるのは羨《うらや》ましい限りだけれど、本人はそれを快く思っていないらしい。

北区新川《しんかわ》にあるカフェ『さんかよう』。

外からの光の入り込まない薄暗い店内。奥まった場所にある厨房の片隅に、小さな額に入れられた写真が一枚飾られている。

雪の夜にわたしが撮った写真だ。

いまと変わらない佇《たたず》まいの彼と、その友人たちが、もこもこに着膨れした格好で三人で寄り添って笑っている。フラッシュの光が反射してみんなの目が赤く光って、特殊効果を施した写真みたいになっているのだが、わたしはこの写真を気に入っている。

しげしげとその写真を眺めていたら、彼が背後からわたしの肩に手をまわし抱き寄せて、ささやいた。

肩のところに顎《あご》を乗せ、

「もっとよく写ってる写真があるのにどうしてこの写真を飾るのかなあ、きみは」

と笑っている。

「だってこの写真しか三人で写ってるのないんだもん。仕方ないじゃない」

「僕ときみのふたりで撮ったのを飾ればいいのに、どうしてこの写真なのかな」

甘い声で彼が言う。はじめて会ったときからルックスの変わらない彼。そっと胸元に忍び込んでくるような優しい声がわたしの気持ちをくすぐる。

「それは、わたしの写りがいつもひどいからです。アキさんばっかりかっこよく写ってて、ずるいよね。昔のわたしは見るからに子どもだったし、一緒に写ってるとこ見ると落ち込むから……。年の差あるよなあって」

「気にしないで。僕かなりのロリコンだから。きみのこと好きになってはじめて自分の性癖を知った」

「ロリコン言うな！」

くるっと振り返って、アキの頭を軽く叩く。腰を屈《かが》め「いてっ」とアキが笑った。

どうしてフユとナツとアキの写真を飾るかって……。

それはたぶんわたし自身への戒《いまし》めのためだ。

わたしはアキにそう答えることはないだろうけれど。


わたしが彼から奪ったもの。居心地のいい家。故郷。大切な友だち。ゆっくりと流れる時間。彼を傷つけない環境。そのすべての象徴がこの写真で、彼と共に写っているふたりの美形の男たちに集約されている。


「雪が降ったらさぁ、雪だるまを作ろうよ。店の庭のところに」

写真を見つめ、アキが言う。

「アキさん雪だるま好きだよね」

「昔、雪だるまに似てるって言われて、ちょっと思い入れがある」

「似てないよ。かろうじて雪うさぎだったら許す。雪だるまにはまったく似てないよ？　まず体型がもっとスマート」

「そんなに真剣に受け止められても」

アキが「この子は本当に困ったね」と、わたしを馬鹿にするみたいに笑う。馬鹿にしているが、可愛いとも思われているだろうことがわかるので、腹が立つのにちょっとだけ甘ったるく胸が疼《うず》く。

札幌《さっぽろ》の短い秋はあっというまに転がり落ちて、来月には外に雪虫が舞いはじめるだろう。小さな雪に似た白い綿毛みたいなその虫は、雪が降る少し前に街に漂いはじめ、なにをするでもなく気づいたらいなくなっている。

誰に「似てる」と言われたのかは聞かずともわかっている。そんなことを言う人は、過去のアキのまわりにひとりしかいない。

写真に写る銀髪の彼――。

『隠れ里』でずっと一緒に過ごしてきた彼ら――。

「このあいだ来た子、日傘差して帽子にサングラスにマスクに手袋だったね。色素の薄い茶色い髪と目で」

もしアキを見つけるために『隠れ里』から人が来るとしたら、どういう人だろうとふたりで何度も協議した。だいたい途中でアキが混ぜかえして、笑って終わってしまうのだけど。

「そうだったね」

「あの子『隠れ里』の子なのかな。アキさん、見つけられちゃったのかな」

「どうだろう。僕はあの子のこと知らないし、あの子も僕のこと知らなそうだったよ。あと一緒にいた子たちはあきらかに人間だったよねぇ。だから違うかもしれないよ？　僕らはあんまり人とつるまない。なんせずーっと隠れて暮らしてた一族だからさ」

「けど、人間だったわたしとは出会ったじゃない」

「そうだね」

出会って――必死になって追いかけた結果が、いま。

でもいつもわたしはこの毎日が夢みたいだなあと思っている。

明日になったらアキは消えてなくなってしまうかもしれない。わたしを置いて去ってしまうかもしれない。そう訴えると「きみを連れ去って故郷から逃げてきた男に向かって、なんでそんなこと思うのかなぁ」と毎回アキは呆れる。

連れ去って逃げちゃうからだよと、心で思うけど口にはしない。

わたしごときの望みを叶えるために大切なものを捨てられる人だから――またなにかあったら、わたしのことも振り捨ててどこかにいっちゃいそうなのだ。アキはとても優しくて、ゆるやかで、ふわふわと頼りないのにここぞというときには行動してしまえる、そんな人だから――。

わたしはいつも自分に自信がない。

アキの恋人でいるための覚悟が足りないのかもしれない。

「ねえ、アキさんはわたしの初恋の人で、命の恩人なんだよ」

「うん。知ってる」

アキはぽんぽんとわたしの頭を撫《な》でながら柔らかく答えた。

「だからね、どこにもいかないでね」

わたしはアキの胸のなかに自分から飛び込んでぎゅっとしがみついて訴えた。

「甘えてくるなぁ。そういうところは素直でよろしい」

アキがわたしを抱きしめる。

「もしあの子が『隠れ里』の子だったらどうする？　札幌からも逃げてもっと遠いところにいく？」

「そうだね。見つかって怒られるのも困るし、きみと離ればなれにさせられるのもいやだから」

逃げちゃうのもいいかもなぁ。

頼りない暢気《のんき》さでふわふわと答えるアキに、わたしは無言でしがみついた。

※本書は2015年5月にポプラ文庫ピュアフルより刊行しました。

佐々木禎子（ささき・ていこ）

北海道札幌市出身。1992年雑誌「JUNE」掲載「野菜畑で会うならば」でデビュー。BLやファンタジー、あやかしものなどのジャンルで活躍中。著書に「あやかし恋奇譚」シリーズ（ビーズログ文庫）、「ホラー作家・宇佐美右京の他力本願な日々」シリーズ、『薔薇十字叢書　桟敷童の誕』（以上、富士見L文庫）、『着物探偵　八束千秋の名推理』（TO文庫）などがある。

表紙イラスト＝栄太
表紙デザイン＝矢野徳子（島津デザイン事務所）

teenに贈る文学 6

ばんぱいやのパフェ屋さんシリーズ④
ばんぱいやのパフェ屋さん
恋する逃亡者たち

佐々木禎子

2017年4月　第1刷

発行者　長谷川 均
発行所　株式会社ポプラ社
〒160-8565　東京都新宿区大京町22-1
TEL 03-3357-2212（営業）
03-3357-2305（編集）
振替00140-3-149271
フォーマットデザイン　楢原直子
ホームページ　http://www.poplar.co.jp
印刷・製本　凸版印刷株式会社

N.D.C.913／278P／19cm
ISBN978-4-591-15382-6

teenに贈る文学

よろず占い処 陰陽屋シリーズ ①～⑦

天野頌子

毒舌陰陽師＆キツネ耳高校生
不思議なコンビがお悩み解決!!

装画：toi8

よろず占い処
陰陽屋へようこそ

よろず占い処
陰陽屋あやうし

よろず占い処
陰陽屋の恋のろい

よろず占い処
陰陽屋アルバイト募集

よろず占い処
陰陽屋あらしの予感

よろず占い処
陰陽屋は混線中

よろず占い処
陰陽屋猫たたり

teenに贈る文学

ラブオールプレー
シリーズ

小瀬木麻美

バドミントンに夢中！
まっすぐ突き進む男子高校生たちを描いた熱き青春小説！

装画：結布

ラブオールプレー

ラブオールプレー
風の生まれる場所

ラブオールプレー
夢をつなぐ風になれ

ラブオールプレー
君は輝く！

teenに贈る文学

一鬼夜行シリーズ
①～⑦

小松エメル

文明開化の世を賑わす妖怪沙汰を、
強面の若商人と
可愛い小鬼が万事解決!?

装画：さやか

一鬼夜行

一鬼夜行
鬼やらい〈上〉

一鬼夜行
鬼やらい〈下〉

一鬼夜行
花守り鬼

一鬼夜行
枯れずの鬼灯

一鬼夜行
鬼の祝言

一鬼夜行
鬼が笑う

teenに贈る文学

風早の街の物語 シリーズ①～⑦

村山早紀

稀代のストーリーテラーが
海辺の街・風早を舞台に奏でる、
ちょっぴり不思議で心温まる物語。

コンビニたそがれ堂

コンビニたそがれ堂 奇跡の招待状

コンビニたそがれ堂 星に願いを

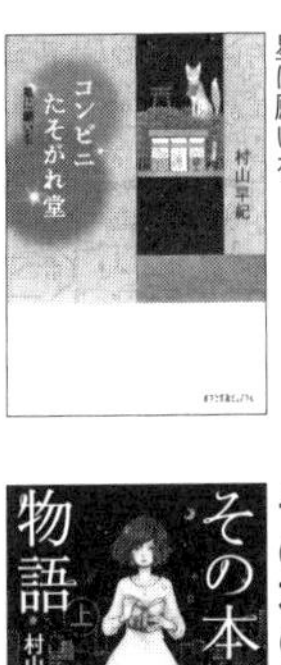

コンビニたそがれ堂 空の童話

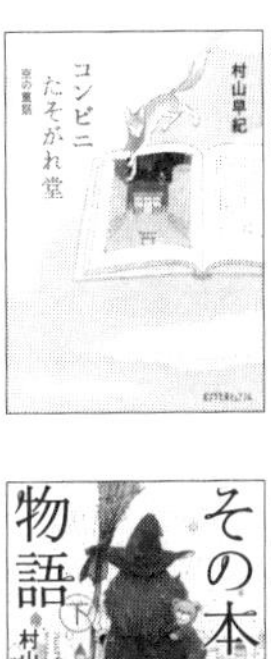

コンビニたそがれ堂 神無月のころ

その本の物語 上

その本の物語 下